Absturz in Stuttgart

Reiner Strunk

Absturz in Stuttgart

Ein Kirchenkrimi

Edition Evangelisches Gemeindeblatt

1 „Wo willst du denn hin?“, fragte Beermann, der am Türpfosten seines Pfarrbüros lehnte und das ‚Evangelische Gemeindeblatt‘ durchblätterte.

„In die Stadt“, sagte Bettina, seine Frau, „was Buntes kaufen. Raus aus dem Wintergrau. Und aus der Schlafmützigkeit. Vielleicht auf dem Schlossplatz bei einer Tasse Cappuccino im Freien sitzen und begutachten, was vorbeiflaniert.“

Sie fragte nicht, ob er Lust hatte, mitzukommen. Sie wollte allein unterwegs sein. Zum Bummel in der Shoppingmeile war er nicht zu gebrauchen. Hielt sie sich bei Auslagen in einem Schaufenster auf, trat er abseits unruhig von einem Fuß auf den anderen oder drehte sich vielsagend im Kreis. Wirklich dabei war er nie, da konnte sie auch ganz auf ihn verzichten. ...

Bettina hatte bloß eine leichte Wolljacke über die Schultern geworfen und Beermann zum Abschied einen flüchtigen Kuss auf die Wange gehaucht. Jetzt spazierte sie durch den kleinen Park, freute sich an Primeln und sprossenden Tulpen in den Beeten und hatte überhaupt keine Eile. Die Sonne gab sich alle Mühe, ihrer Aufgabe gerecht zu werden, also hell zu sein und zu wärmen. Die Passanten wirkten aufgeknöpft, trugen Mäntel und Jacken offen und hatten die verkniffenen Gesichter weggepackt. Alles schien bereit zu einem Lächeln.

Die Königstraße war reich bevölkert, man schob sich in mehreren Spazierkolonnen aneinander vorbei und verständigte sich stillschweigend auf ein mäßiges Tempo. Bettler hatten ihre Reviere abgesteckt und ihre Positionen eingenommen, eine Combo mit riesigen Sombreros spielte mexikanische Weisen und auf dem Schlossplatz hatte die Gastronomie ihren Betrieb entschlossen nach außen verlagert. Zahlreiche Tische waren besetzt, und Bettina suchte nach einer freien Sitzgelegenheit, als sie von lautem Geschrei aufgeschreckt wurde.

Ganz in der Nähe, vermutlich beim Denkmal des Herzogs Christoph, schien es heiß herzugehen. Worum es sich handelte, entzog sich Bettinas Blicken, zu viele Fußgänger und Gaffer waren im Weg. Aber das Schreien hielt an. Neugierige strebten in Richtung des Tumultes, Ängstliche ergriffen die Flucht, um nicht Opfer einer unvorhersehbaren Gewalttätigkeit zu werden. Mit verrückten Selbstmordattentätern war immer und überall zu rechnen, besonders an Orten verstärkter Menschenansammlung, und psychopathische Amokläufer bevorzugten ebenfalls die Gelegenheit, wenn das Publikum zahlreich und mit niemandem von ihnen zu rechnen war.

Bettina blieb unentschieden. Sollte sie vorwärts gehen und auskundschaften, was da ein Stück weiter am Rand des großen Platzes vor sich ging, oder sollte sie zurückweichen, um sich den Genuss eines schmeichelnden Frühlingstages nicht verderben zu lassen? Sie stieg ein paar Stufen am Königsbau empor, bis sie unter den Kolonnaden stand und den gesamten Platz bis hinüber zum Neuen Schloss übersehen konnte. Tatsächlich hatte sich beim Denkmal eine Traube von Menschen gebildet, in der es aufgeregt hin und her wogte. Stimmen brüllten nach Sanitätern, nach der Polizei, und schon tönten deren gellende Signale vom Schillerplatz her, doch Autos kamen in der kompakten Menschenmenge nur allmählich voran.

Plötzlich sah Bettina, wie sich eine Gestalt mit wilden Bewegungen aus dem Knäuel beim stattlichen Herzog löste. Sie rammte Hinderliches mit dem Kopf beiseite, trat mit den Füßen um sich und bahnte sich in rasender Geschwindigkeit einen Weg durch die Versammlung. Auf einmal stand sie wie aus dem Boden gestampft vor Bettina, die außerstande war, nachzuvollziehen, auf welchem Weg und mit welchen Absichten der seltsame Mensch zu ihr gelangt war. Er schnaufte wie ein gehetztes Tier und sah sie an. Niemand hatte ihn aufhalten können und ernsthafte Verfolger schien es nicht zu geben.

Bettina überlief ein Schauder, vor allem deshalb, weil der Mensch eine Gesichtsmaske trug. Nicht von der Art, wie man sie von Bankräubern in Filmen kennt, die sich zu tarnen versuchen, sondern eine Art Totenmaske. Mit Augenhöhlen, aus denen sie Blicke trafen, die eher traurig als wütend wirkten, und mit einem grässlich bleckenden Gebiss, das zynisch zu grinsen schien. Ehe Bettina sich von ihrem Schreck erholen konnte, drückte ihr das Phantom ein Kleiderbündel in die Arme. Dann verschwand es wie der Blitz, rannte zwischen den Säulen hindurch und hinauf zum Kleinen Schlossplatz. Bettina sah ihm nach und dachte: Ein Zwerg ist er nicht, aber die Größe eines normalen Menschen hat er auch nicht.

Sie hatte noch gar nicht begonnen zu überlegen, was sie mit dem Kleiderbündel in ihren Armen anstellen sollte, da merkte sie, dass es sich bewegte. Etwas Lebendiges also. Sie schlug die leichte Wolldecke zurück und sah in das Gesicht eines Kindes, einjährig etwa, das sie mit staunenden Augen musterte. Und schon war Bettina umringt von rufenden, fragenden, gestikulierenden Personen, die ihr heftig zusetzten. Was sie mit dem brutalen Kindsräuber zu tun habe? Ob sie seine Komplizin sei? Wohin der Kerl sich abgesetzt habe? Und dann empörte Rufe: „Geben Sie das arme Kind her!" „Fassen Sie das Kind nicht an mit Ihren dreckigen Pfoten!" „Wir halten Sie fest, bis die Polizei kommt!"

Bettina wunderte sich, wie gelassen sie reagieren konnte. Sie hielt das Kind fest in ihren Armen, stieß Zudringliche beiseite und rief: „Wer ist die Mutter? Wo ist der Vater?"

„Die Mutter liegt zusammengeschlagen drunten beim Denkmal", erklärte jemand, und Bettina erwiderte: „Dort gehört das Kind also hin!"

Sie bahnte sich einen Durchgang und ließ keinen Zweifel daran, dass sie ihn erzwingen würde, wenn man ihr den Weg versperrte. Das Kind auf ihrem Arm fing an zu weinen und zappelte unter der Decke. Bettina versuchte es zu trösten, trug es, als sei sie schon lange mit ihm vertraut. Niemand machte mehr Anstalten, ihr das Bündel wegzunehmen. Die Aufgeregten beruhigten sich, Hilfsbereite führten sie die Stufen zum Schlossplatz hinunter und zu der Stelle hinüber, wo die Mutter vermutet wurde. Die Gruppe von Zuschauern, die sich immer versammeln, wenn ein Unglück passiert ist, das einen Nervenkitzel verspricht, wich immerhin einen Schritt zur Seite und bildete eine Gasse, durch die Bettina nach vorn durchgelassen wurde. Eine Frau, offenbar die Mutter des Kindes, lag regungslos auf dem Rücken, betreut von Helfern, die ihr einen Mantel unter den Kopf geschoben hatten. Ihr Gesicht war blutverschmiert, und mit ihren Händen schien sie ihren Hals zu schützen, als fürchte sie, erwürgt zu werden. Zwei Polizisten, ein Mann und eine Frau, standen daneben und nahmen erste Zeugenaussagen zu Protokoll. Als Bettina mit dem weinenden Kind hinzutrat, schlug die verletzte Frau ihre Augen auf, richtete sich mit einer heftigen Bewegung auf und streckte die Arme nach dem Kind aus. Bettina reichte es ihr und die Mutter vergrub ihr Gesicht in der Decke. Man ließ sie gewähren.

Bettina fand gar keine Zeit zu entscheiden, ob sie sich entfernen oder noch bleiben sollte, denn der Polizist, der gerade noch mit einem Zeugen beschäftigt gewesen war, wandte sich an sie und fragte, wie sie an das Kind gekommen sei. „Durch Zufall vermutlich", entgegnete sie, schon ein wenig genervt vom unerquicklichen Ablauf ihres schönen Frühlingstages.

Der Polizist sah sie mit einer Amtsmiene an, die unverkennbar Respekt verlangte.

„Ich stand oben bei den Kolonnaden", sagte Bettina bereitwillig, „als jemand mir das Bündel mit dem Kind einfach in die Arme drückte."

Der Polizist nickte und krakelte etwas in seinen Notizblock.

„Sie kannten den Mann?"

„Natürlich nicht! Außerdem weiß ich nicht, ob es überhaupt ein Mann war oder eine Frau."

„Wegen der Maske, klar. – Hat die Maske was gesagt?"

„Nein, kein Wort."

Der Polizist bedankte sich, nahm ihre Personaldaten auf und betonte, sie solle sich in den nächsten Tagen bereithalten, man werde im Zuge der Ermittlungen sicher noch einmal auf sie zurückkommen. Bettina zuckte die Achseln, weil sie sich nicht vorstellen konnte, was sie weiter zur Klärung dieses merkwürdigen Falles beitragen sollte. Sie war schon dabei, auf dem Absatz kehrt zu machen und davonzugehen, um einen Rest des verkorksten Tages zu retten, als die Polizistin ihrem Kollegen eine Zusammenfassung ihrer Vernehmungsergebnisse gab: Demnach war die Frau mit dem Kinderwagen in der

Königstraße unterwegs gewesen und hatte in Höhe des herzoglichen Denkmals Halt gemacht, weil das Kind erbärmlich schrie. Sie hatte es zu beruhigen versucht und aus dem Wagen auf den Arm genommen. Doch das Kind hatte weitergebrüllt. Die Mutter hatte es wieder hingelegt und ihm einen Schnuller in den Mund geschoben, der allerdings sofort energisch ausgespuckt wurde. Ab jetzt liefen die Zeugenberichte auseinander. Einige behaupteten, das Phantom mit der Maske sei unversehens herbeigesprungen, habe die verdutzte Mutter rüde beiseitegestoßen und ihr einen Fausthieb ins Gesicht versetzt. Dann habe er das Kind im Wagen gegriffen, es herausgehoben und gegen Umstehende, die ihn hindern wollten, wütend verteidigt. Es sei ihm gelungen, eine Bresche durch den Ring der Passanten zu schlagen und davonzulaufen, während die Mutter blutend am Boden lag. Eine zweite Version der Vorgänge, die von wenigen Beobachtern vertreten wurde, ging dahin, dass die Mutter ihr weinendes Kind gezüchtigt habe, bevor der Maskenmann intervenierte. Sie habe das Kind heftig geschüttelt und sogar geohrfeigt. Offensichtlich sei sie mit der Situation nicht zurande gekommen und habe überreagiert. Der Maskenmann habe ihr das Kind entrissen, als sie es auf dem Arm trug.

Da die Mutter im Augenblick noch nicht vernehmungsfähig war, musste der tatsächliche Hergang einstweilen offenbleiben. Für das Tätermotiv ergaben sich freilich, je nachdem, welche Variante die tatsächliche war, erhebliche Differenzen. Hatte die Mutter das Kind nicht misshandelt, lag ein rätselhafter Menschenraub vor. Hatte sie aber das Kind geschüttelt und geschlagen, konnte der Eingriff auf einen starken Schutzinstinkt des Täters zurückzuführen sein.

Wenige Schritte entfernt flutete das Leben auf dem Schlossplatz, als wäre nichts geschehen. Die Plastikstühle in den Freiluftcafés waren besetzt, man unterhielt sich, lachte und nahm Sonnenbäder, und Bettina wusste nicht recht, was sie mit sich und der verbleibenden Freizeit anfangen sollte. Die Lust, nach Textilien für die wärmeren Wochen Ausschau zu halten, war ihr gründlich vergangen, und sinnlos in der Gegend herumzulaufen machte auch kein Vergnügen. Sie entschied sich für eine Kaffeepause am Markt. Als sie am Espresso nippte, stand ihr wieder die Totenmaske vor Augen, samt dem seltsam traurig wirkenden Blick, der sie daraus getroffen hatte. Sicher handelte es sich um einen Mann, und zwar um einen Mann unbestimmten Alters, der gewiss kein planmäßiger Kindsräuber war. Warum sonst hätte er ihr das Kind abgetreten, statt es weiter mit sich zu schleppen? Über der Maske hatte er eine dunkle Wollmütze getragen, die ein Stück in die Stirn hinuntergezogen war. Seine Behändigkeit verriet ein eher jugendliches Alter und Sportlichkeit dazu. Die Maske verdeckte sein Gesicht, musste aber auch, da sie so auffällig war, höchst verräterisch wirken. Wenn er sie aufbehielt, würde er rasch der Polizei ins Netz gehen, und dann würde es ihm schwerfallen, die Tat als einen spontanen Akt von Barmherzigkeit erscheinen zu lassen.

Bettina blinzelte hinauf in die noch unbelaubten Kastanienzweige, durch die die Sonne ihren Weg auf die Erde wie durch ein kunstvoll gedrechseltes Gitterwerk suchte. Ja, es stimmt, dachte sie, der Herr lässt seine Sonne scheinen über Gute und Böse, Gerechte und Ungerechte. Aber wem gelingt die schlüssige Unterscheidung zwischen den Guten und den Bösen? Wer weiß von vornherein, wer schuldig ist und wer nicht?

2 Auf dem Heimweg überkam Bettina das eigenartige Gefühl, verfolgt zu werden. Infolgedessen wählte sie mit Absicht belebte Straßen mit viel Verkehr und mit Fußgängern auf den Gehsteigen. Es war nicht so, dass verdächtige Schritte in ihrem Rücken sie beunruhigten oder dass sie ‚den heißen Atem eines Verfolgers im Nacken spürte'. Sie empfand einfach das Unbehagen, nicht unbeobachtet zu sein. Ab und zu hielt sie bei einem Aushang oder vor einem Schaufenster an, um einen raschen, wie zufällig erscheinenden Blick nach rückwärts werfen zu können. Doch die alte Frau mit dem Gehstock in der einen Hand und der Einkaufstasche in der anderen war kein Anlass zur Beunruhigung, ebenso wenig wie der Lieferant, der ein Paket aus seinem Transporter holte und damit durch einen Hofeingang verschwand. Lieber Himmel, ich bin dabei, mich vor Gespenstern zu fürchten, dachte Bettina, und das am hellen Tage. Wenn's Nacht wäre und kein Mensch auf der Straße und die Laternen würden fiebrig flackern, als wollten sie nacheinander ersterben, und ein langer Menschenschatten würde die ganze Straße hinunterreichen wie im ‚Dritten Mann' ... Sie lachte leise vor sich hin und schüttelte über sich selbst den Kopf. Wie viel steuert uns das Hirn, überlegte sie, und wie sehr treiben uns die Nerven?

An der eigenen Haustür atmete sie auf und drehte sich zur Sicherheit noch einmal um. Aber da war nichts. Eine streunende Katze überquerte den Wiesenstreifen neben der Einfahrt zur Garage, und sie erweckte nicht den Eindruck, durch eine ungewöhnliche Erscheinung in der Nähe verunsichert zu sein. Bettina öffnete die Tür und schloss sie hinter sich mit einem Anflug von Erleichterung und Dankbarkeit. –

Abends saßen sie auf ihrer Wohnzimmercouch und buchstabierten miteinander das zurückliegende Tagesereignis durch. Beermann hatte eine Flasche Roten entkorkt und Knabberzeug auf den Tisch gebracht. Durch die großen Fenster konnten sie auf die Terrasse hinaussehen bis zu den nahen Büschen, deren Umrisse in der heraufziehenden Nacht verschwammen. Bettina kuschelte sich an Beermann und meinte, die Sache sei halt doch aufregender gewesen als anfangs gedacht.

„Und was es mit dem Kindsraub auf sich haben könnte, ist mir völlig schleierhaft."

„Verständlich", bestätigte Beermann, „Kindesentführungen passieren zwar immer wieder zum Zweck der Erpressung von Lösegeldern, aber mit Kleinkindern doch eher nicht. Die sind einfach zu unbequem für die schrägen Typen. Sie können nicht laufen, sie brauchen alle naselang das Fläschchen und haben ständig die Windeln voll. Das ist nichts für Ganoven. Deshalb bedienen die sich lieber bei Pflegeleichterem, das sie einschüchtern und ruhigstellen und auch mal allein in irgendeinem Keller wegschließen können."

„Schweine sind sie so oder so", schnaufte Bettina. „Nur – der Mann mit der Totenmaske war nicht von dieser Verbrechersorte, da bin ich sicher."

„Weshalb? Wegen der Maske?"

„Mag sein. Ich denke, eine Totenmaske vor dem Gesicht soll etwas verbergen. Aber vielleicht soll sie umgekehrt auch etwas zeigen."

„Was?"

„Weiß ich doch nicht, Helmut! Auf jeden Fall ist das Tragen einer Totenmaske eine sehr seltsame Sache und das diebische Fortschleppen eines fremden Kindes ebenfalls."

„Und die unvermittelte Rückgabe dieses Kindes an eine beliebige Frau, die da zufällig im Weg herumsteht, ist es nicht weniger."

Sie schwiegen und tranken einen Schluck.

„Weißt du", setzte Bettina wieder an, „ich war, während das alles passierte, eigentlich ganz ruhig."

„Weil du eine kontrollierte Person bist", sagte Beermann.

„Schon. Aber als ich vom Tatort wegging und zum Markt hinüberschlenderte, da merkte ich auf einmal, wie meine Hände zitterten und die Knie weicher waren als gewohnt."

„Klar. Solange du besetzt bist von der Anstrengung, eine prekäre Situation zu meistern, reagierst du nüchtern, weil du dich selbst im

Griff haben musst, um die Herausforderung genau zu erkennen und zu bestehen. Nachher, wenn die Sache glücklich vorüber ist, erschlafft die übermächtige Anspannung und die Nerven fangen an zu flippern. Das ist vollkommen normal und du brauchst ..."

Beermann brachte seinen Satz nicht zu Ende, weil Bettina einen schrillen Schrei ausstieß und beide Hände vors Gesicht schlug. Beermann erschrak. Er nahm seine Frau in die Arme, die geschüttelt wurde wie von einem Fieber und plötzlich zu schluchzen begann wie ein Kind. Er sprach ihr leise und beruhigend zu und trocknete mit seinem Taschentuch die Tränen, die ihr über die Wangen liefen.

„Bettina, hör doch, was ist? Was ist? Sag mir's doch!", flehte er und wusste nichts weiter, als sie fest im Arm zu halten und ihr sanft über die Haare zu streichen.

Nach einer Weile richtete sie sich auf, schnäuzte kräftig in sein Taschentuch und sagte: „Unsinn. Es ist alles Unsinn. Mir gehen die Nerven durch und ich bin eine dämliche Kuh."

„Na, na", beschwichtigte Beermann und fügte, um mit einem flauen Scherz zur Entspannung beizutragen, hinzu: „Die Kuh lasse ich gelten, die dämliche aber keinesfalls."

Bettina sah nach draußen, nun wieder gefasst und ohne Tränen. „Vorhin war da was am Fenster", sagte sie, „oder ich habe mir eingebildet, dass da etwas war."

„Was denn?", wollte Beermann wissen.

„Ein Gesicht. Nein, eine Maske. Eine Totenmaske, hell beleuchtet von unserm Licht im Wohnzimmer und unverschämt grinsend. Das war plötzlich da und im Nu auch wieder weg. Wie ein Spuk. Mein Gott, Helmut, ich bin wie verrückt und sehe Gespenster."

Beermann ließ sie los und stand auf: „Vielleicht war's ja auch kein Gespenst", sagte er, öffnete die Terrassentür und ging hinaus. Bettina blieb zurück und verkrampfte ihre Finger im Schoß. Nach wenigen Minuten kehrte Beermann zurück, schloss die Terrassentür, setzte sich zu Bettina und legte ihr den Arm um die Schultern. „Keine Angst", sagte er, „da war nichts." –

An den folgenden Tagen durchstöberten sie gespannt ihre Zeitung auf der Suche nach Details über den merkwürdigen Zwischenfall auf dem Schlossplatz. Fehlanzeige. Entweder war die Angelegenheit nicht wichtig genug, um in den Nachrichten berücksichtigt zu werden, oder sie war zu wichtig und zu sensibel, und man fürchtete, mit der Preisgabe von Einzelheiten des Geschehens und seiner Folgen die Chancen einer raschen Aufklärung zu verringern.

Zum Wochenende hatte Beermann dienstfrei. Für Vertretung war gesorgt, und die beiden hatten vereinbart, am Samstag ausgiebig, mit Rucksack und Proviant bestückt, auf der Schwäbischen Alb zu wandern. Möglichst stundenlang am Trauf entlang und dann im weiten Talkessel hinter Neidlingen zu dem entlegenen Waldhang, wo sie im vergangenen Jahr eine üppige Kolonie von Märzenbechern entdeckt hatten. Der noch winterliche Waldboden war auf breiter Fläche mit den grün-weißen Farben der Frühlingsblüher übersät gewesen, und man konnte vom Hangweg einen Pfad emporsteigen, der mitten durch die Blütenpracht führte. Allerdings war ihnen damals ein mächtiger Schreck in die Glieder gefahren, als plötzlich hinter Buschwerk ein kapitaler Eber auftauchte, seine eindrucksvollen Hauer zeigte und mitten auf dem Pfad in drohender Haltung stehen blieb. Beermann hatte seinen Wanderstock in der Hand, den er selber geschnitzt hatte und der zum Spaziergang taugen mochte, aber nicht als Waffe gegen eine angreifende Wildsau. Bettina verbarg sich hinter seinem Rücken und spielte halblaut mögliche Fluchtgelegenheiten durch. Auf dem abschüssigen Gelände um die Bäume herum davonzulaufen empfahl sich nicht, da war der Eber zweifellos im Vorteil. „Und auf die Bäume hinauf“, flüsterte sie, „das geht auch nicht. Die Buchen sind hier alle meterhoch ohne Äste und ihre Rinde ist glatt wie ein Kinderpopo.“ – Sie hatten keine Wahl, mussten warten und darauf hoffen, dass dem Tier die Begegnung, die sich ja glücklicherweise noch nicht zu einer direkten Konfrontation ausgewachsen hatte, langweiliger wurde als ihnen. Sie hatten Glück. Der Eber grunzte noch einmal energisch, als wollte er zum Ausdruck bringen, dass er könne, wenn er wolle, darauf machte er kehrt und trottete stolz wie der Klügere, der nachgibt, davon.

Dort also wollten sie hin, und Bettina meinte, vielleicht müsse der Mensch älter werden, um von Abenteuern den Hals nicht vollzukriegen.

Leider fiel der schöne Plan mit einem Schlag in sich zusammen. Beermann erwachte zwar am Samstag in der Frühe und war guter Dinge, musste dann aber die überraschende Entdeckung machen, dass ihm die einfache Übung, aus dem Bett zu steigen, gründlich misslang. Er kam einfach nicht hoch, geschweige denn auf die Füße, nicht mal zum Sitzen auf der Bettkante. Er hob vorsichtig den rechten Arm, dann den linken. Das ließ sich machen. Schmerzen – nein. Bewusstseinstrübung – nein. Also das Herz. Seine schwache Stelle. Nur – wie schwach war diese schwache Stelle auf einmal geworden?

Bettina räkelte sich neben ihm, ahnungslos und mit der Entschlossenheit, die letzten Minuten vor dem Aufstehen unter der warmen Decke zu genießen. Recht hatte sie. Jede Stunde Leben sollte man genießen, jeden Augenblick. Im Grunde war es doch so, dass man durch die Tage taumelte oder rannte ohne den geringsten Gedanken ans allgemeine Gesetz der Endlichkeit. Die Meisterschaft im Verdrängen zeigt sich genau an diesem Punkt. Man tut, als ob man ewig zu leben hätte. Das heißt genauer: man weiß natürlich, dass es nicht so ist, man hat dieses Wissen selbstverständlich auf der Festplatte, aber es ist abgespeichert in einem entlegenen Ordner. Da mag es ruhen, solange es nicht gebraucht wird. Wann wird es gebraucht?

Wenn er auf dem Rücken lag, schien alles in Ordnung zu sein. Aber das Aufstehen missglückte bei wiederholten Versuchen. Endlich wurde Bettina aufmerksam und fragte, ob etwas nicht stimme. Beermann wollte sie nicht erschrecken und erklärte, er fühle sich schlapp.

„Wieso?“, meinte Bettina. „Schlapp nach der Nachtruhe?“

Als Beermann schwieg, wurde ihr klar, dass buchstäblich Not am Mann war. Sie sprang aus dem Bett, fühlte seinen Puls, seine Stirn, stürmte aus dem Schlafzimmer und alarmierte den Notarzt. Der stand erstaunlich schnell vor Beermann, zählte dessen Puls mit bedenklicher Miene, behorchte seine Brust und wies die Sanitäter an, den Patienten auf die Trage zu packen und schleunigst in die Klinik zu befördern.

Dort durchlief Beermann die Stationen der Untersuchung wie ein Fertigungsprodukt auf dem Fließband.

Nachher lag er noch erschöpfter im Klinikbett als am Morgen daheim. Bettina saß bei ihm und brauchte auffällig oft ihr Taschentuch, um ihre Nase zu betupfen. Umgeben war er von mehreren technischen Geräten, auf deren Bildschirm es flimmerte und flackerte wie bei einem defekten Fernseher. Er selber war rundum verkabelt. An Manschetten, die um seine Handgelenke gelegt waren, auf der Brust, irgendwie auch am Kopf. Leben in der Umarmung von Maschinen. War denen zu trauen?

Irgendwann musste er eingeschlafen sein. Er wachte auf, als es schon Nacht geworden war. Das kleine Fenster zu seiner Seite war schwarz, über der Tür leuchtete nüchternes Neonlicht. Bettina musste sich leise verabschiedet haben und gegangen sein. Auf seiner Bettdecke fand er einen handgeschriebenen Zettel. Sie wünschte ihm eine ruhige Nacht und Zuversicht fürs Kommende. Der Herzmuskel sei betroffen, habe ihr der Arzt gesagt. Vermutlich irgendein Virus. Man müsse Geduld haben und zusehen. Die Sache sei nicht ungefährlich, aber auch nicht unbedingt dramatisch. Man müsse jetzt die richtigen Medikamente herausfinden, auf die der Patient positiv reagiere. Das könne dauern, sei jedoch, möglicherweise unter Assistenz eines Schrittmachers, ein prinzipiell lösbares Problem. Liebe Grüße, tausend Küsse, Bettina.

Das Zimmer war geräumig, aber von karger Ausstattung. Apparate, der fahrbare Tisch neben dem Bett, ein Stuhl, ein leeres Nachbarbett, eine gemütlose Beleuchtung. Beermann merkte, dass er es nicht gewohnt war, allein zu sein. Zwangsweise allein zu sein. Verängstigt fühlte er sich nicht deswegen, eher betrübt. Wie verloren in einer unwirtlichen Umgebung, einer lebensfeindlichen Landschaft. Er wandte den Blick zum Fenster in der Hoffnung, der Mond werde es sich einfallen lassen, als heimlicher Besucher vorbeizuschauen. Wie ein Tröster aus der Ferne.

Plötzlich kam heftiger Betrieb auf. Stimmen wurden laut auf dem Flur, die Tür sprang auf, zwei Nachtschwestern schoben ein Bett herein, auf dem ein offensichtlich alter Mann lag, eingewickelt in

Schnüre und zugepflastert mit Verbänden. Er wurde präpariert für die Nacht, die Kabel wurden angeschlossen, Infusionsbeutel am Bettgalgen aufgehängt und zum Tröpfeln gebracht. Dann war der Spuk schon wieder vorbei. Der Alte lag wie tot. Sein Atem ging unhörbar. Nun war Beermann nicht mehr allein, aber angenehmer wurde die Lage deswegen auch nicht.

Mitten in der Nacht – Beermann musste eingenickt sein und ein wenig geschlafen haben – regte sich's auf dem Nachbarbett. Der alte Mann machte Anstalten, den Ort seines unfreiwilligen Aufenthalts zu verlassen. In Beermann erwachte das gesunde Verantwortungsgefühl des Mitmenschen sowie die Pflicht zum pastoralen Beistand. Er sprach mit dem Mann und versuchte ihn zu beruhigen. Er sei nicht unruhig, entgegnete der. Dann möge er doch liegen bleiben mit all den Kabeln und Schläuchen, an die er angeschlossen sei.

„Grad net", widersprach der Alte. „Des ganze Zeug kann i net brauche."

Er hockte auf der Bettkante und zupfte sich Pflaster von den Armen und Kanülen aus den Venen. Beermann betrachtete es mit wachsender Besorgnis.

„Was wollen Sie denn eigentlich machen?", fragte er hilflos.

„Hoimgange", erklärte der Alte, „i will in mei eigen Bett neiliege, do isch's recht für mi."

Beermann wollte intervenieren, wusste aber nicht, wie.

„Sie können doch jetzt nicht aus dem Krankenhaus marschieren und in die U-Bahn steigen, die wahrscheinlich gar nicht mehr fährt in der Nacht ..."

„'S gibt au Taxis."

„Sie kommen nicht zehn Schritte weit, dann fallen Sie um, Mann, nehmen Sie doch Vernunft an!"

„I bin bei Vernunft, glaube Se mir's."

Schon stand er, befreit von allen Fesseln, splitternackt vor seinem Krankenbett.

Beermann begann zu begreifen, dass der Alte in seinem Freiheitsdrang nicht zu bremsen war. Jedenfalls nicht mit gut gemeinten Worten. Da entschied er sich, Alarm zu schlagen und nach der Nachtschwester zu läuten. Als die erschien, schlug sie die Hände vors Gesicht und bemühte sich dann nach Kräften, den Alten wieder ins Bett zu befördern. Der widersetzte sich jedoch und ließ sich, so klein und spindeldürr er war, von der Schwester nicht überwinden. Sie war sichtlich am Ende ihres Lateins, schüttelte den Kopf und betonte:

„Sie sind eingewiesen auf diese Station und können jetzt nicht einfach weg."

„Und Sie könne mi net festhalte! I bin ein freier Mensch, und koiner hat des Recht, mi im Krankehaus anz'schnalle wie'n Verbrecher. Des dürfet Se gar net. Wenn i gange will, dann derf mi koiner uffhalte, auch Sie net!"

Während dieser Rechtsbelehrung hatte die Schwester den diensthabenden Arzt angerufen, der herbeieilte, um Schlimmes zu verhindern. Er redete dem Alten gut zu, warnte, drohte – alles ohne die geringste Wirkung, weil der vom Krankenlager Auferstandene seelenruhig sein Hemd überstreifte und in seine Hose stieg.

„Gut", meinte der Arzt mit einem Achselzucken, „dann gehen Sie eben. Daheim ist niemand, der auf Sie wartet, und niemand, der Ihnen hilft. Aber gehen Sie. Legen Sie sich in Ihr eigenes Bett, das Sie partout nicht missen wollen." Und, auf Schwäbisch nachschiebend: „Passet Se bloß uff, des sag i Ihne. Die Nacht schlofet Se vielleicht, aber morge früh, do wachet Sie plötzlich uff und send dot!"

Auch von dieser Aussicht blieb der Alte unbeeindruckt und entwich, fröhlich winkend, durch die Tür.

Beermann sah ihm versonnen nach und überlegte, ob das nun Altersstarrsinn war oder der Souveränitätsakt eines leibhaftig freien Menschen.

3 Anderntags verlegte man ihn in einen separaten Raum der Intensivstation, damit er mehr Ruhe habe sollte. Der Monitor neben ihm summte leise und kritzelte Zacken auf den Bildschirm. Gegenüber an der Wand hing die Kohlezeichnung eines betenden Engels mit mächtigen Schwingen. Rechts aus dem Fenster heraus wurde der Blick frei auf die Dächer benachbarter Häuser. Darüber ein Frühlingshimmel mit Schäfchenwolken. Vom Krankenbett aus, fand Beermann, war der Blick in den Himmel immer eine Wanderschaft. Nirgends sonst kann die Seele wandern und aufatmen wie hier. Eine merkwürdige und wichtige Entsprechung: die Zelle und der Himmel. Das enge, vom quirligen Klinikbetrieb abgetrennte Zimmerchen war wie eine Zelle. Aber da war auch weiter Himmel darüber. Ein Ausschnitt nur, vom Fensterrahmen begrenzt, aber im Ausschnitt verdichtete und vergegenwärtigte sich das Ganze.

Ohne den Himmel wäre die Zelle ein Gefängnis, beinahe ein Grab, fand Beermann. Und ohne Zellenerfahrung könnte der Himmel nicht sein, was er ist: Reiseland der Seele. Wo es nicht Nähe und Fernen gibt, sondern alles unmittelbar vor Augen tritt. Die Seele reist ja auch nicht, wie unsre Körper reisen, mit geplanten Wegstrecken und Zielen. Die Reise der Seele kennt keine vorgezeichneten, ausgetretenen Bahnen. Ihre Bewegung ist keine Fortbewegung, sondern Schwingung. ‚Swing low' heißt es im Gospelsong.

Aus Schockzuständen der Verzweiflung in die Schwingung von Zuversicht zu geraten, das ist eine Reise der Seele. Vielleicht, dachte Beermann, bedeutet Gotteserfahrung auch nichts weiter, als in eine solche Schwingung der Seele zu kommen, die über Zonen des Schweren hinaus ins Leichte und Lichte emportreibt. In der Zelle scheint das eher zu gelingen als ‚im Freien'. Urerfahrung des Mönchtums. Die Zelle ist dem Himmel näher – und ein ganzer Himmel kann sich versammeln in der räumlichen Enge einer Zelle.

Beermann hatte aufgehört, die Stunden zu zählen und in regelmäßigen Intervallen nach der Uhr zu schielen. Was Zeit war, veränderte sich. Es gab jetzt die Zeit des Arztbesuches, der Schwesternpflege, Zeit des Essens, Zeit der Gemeinsamkeit mit Bettina und viel Zeit der Betrachtung, des Nachdenkens. Man sollte Pfarrern hin und wieder solche Zeiterlebnisse verordnen, dachte er. Es würde ihnen guttun, einen Unterschied zu den Uhrzeiten zu erleben.

Vom Team der behandelnden Ärzte kam einer wiederholt und außer der Reihe in sein Zimmer, rückte den Besucherstuhl zurecht, nahm Platz und begann eine Plauderei: Dr. Michelsen, ein Internist. Er kam, wenn er Feierabend hatte, meist zu vorgerückter Stunde am Abend, den Arztkittel noch übergezogen, aber nicht in medizinischer Absicht. Anscheinend suchte er den Abstand vom klinischen Betrieb und die Nähe zu einem Menschen, der nichts von ihm wollte. Aber Beermann witterte nach mehreren Begegnungen, dass der Mann eigentlich mehr und anderes suchte. Nicht nur einen Menschen, mit dem sich eine angenehme Unterhaltung führen ließ, sondern einen Mann des Vertrauens. Einen beruflich ausgewiesenen und menschlich glaubwürdigen Partner bei der Aufarbeitung persönlicher Schwierigkeiten. Jeder hat seine Geheimnisse! Jeder hält gewisse Dinge aus seiner Lebensgeschichte unter Verschluss, statt sie bedenkenlos auszuposaunen. Für manchen ist quälend, was er in den Kellern seiner Seele verborgen hält, weil es mit vulkanischer Energie rumort in ihm und mit Macht herauswill, aber mit noch größerer Macht daran gehindert werden soll. Wird der Druck zu groß und ergibt sich die Möglichkeit, wie mit einem kontrollierbaren Ventil Entlastung zu schaffen, dann wird so einer bereit, die verschlossenen Kammern seiner Seele einen Spalt breit zu öffnen.

Dr. Michelsen tat es in der Woche vor Ostern. Bettina hatte Narzissen gebracht, die Beermann liebte, und eine Bildkarte von einem Bergsee, über dem eine glutrote Sonne aufging. Die Bildkarte lehnte an der Blumenvase, und daneben lagen zwei bemalte Ostereier, die Mädchen aus der Kinderkirche gestaltet und ihm feierlich gewidmet hatten. Michelsen nahm eines in die Hand, strich mit dem Finger über die Schale und meinte: „Wirklich ein Kunstwerk, Herr Pfarrer. Eine Erdkugel, besser: ein Weltei. Mit Andeutung der Kontinente. Und mit Menschenfiguren. Sehr verschiedene sogar. Einem Eskimo oben, Indianern an der Seite."

„Ein Erdkreis im Osterfrieden", sagte Beermann.

„Schon, ja", bestätigte der Arzt, „aber das Ganze hat auch gelitten. Unten ist das schöne Ei eingedrückt."

„Allerdings. Es ist der Künstlerin am Ende noch aus der Hand gerutscht und auf die Tischplatte gefallen. Sie war erst enttäuscht, hat dann jedoch verstanden, warum es genau so werden musste."

„Die Erde ist nicht heil, ja. Sie kann bunt und schön sein und trägt doch tiefe Wunden."

Dr. Michelsen legte das farbige und beschädigte Ei vorsichtig an seinen Platz und lehnte sich, beide Hände im Nacken verschränkend, auf seinem Besucherstuhl zurück.

„Ja, die Welt ist nicht heil", sagte er, „und Paradiese gibt es nicht."

„Nur die Sehnsucht danach", sagte Beermann. „Aber die ist stark und eigentlich unstillbar."

„Und vor allem gefährlich!", warf Michelsen schnell ein. „Die Sehnsucht der Menschen ist immer der fruchtbare Acker, auf dem die großen Verführer ihre Plantagen anbauen. Da lässt sich eine Menge anstellen, vor allem Niederträchtiges. Um einer vermeintlichen Erfüllung ihrer Sehnsucht willen lassen Menschen praktisch alles mit sich machen. Sie verkaufen ihre Leiber dafür und ihre Seelen sowieso. Sie lassen sich gängeln und an der Nase herumführen und sind sogar stolz darauf, einem vergötterten Übermenschen anzugehören, auch wenn das der gewissenloseste Schurke ist."

„Sie denken an die Zeit der Nazis."

„Nein, nicht unmittelbar. Ich denke an Exzesse der Religion. An das menschenverachtende Gift, das sie ausscheiden kann und das in religiösen Gemeinschaften verabreicht wird wie's tägliche Brot."

„Sie haben bestimmte Gemeinschaften im Blick?"

„Ja, und nicht bloß theoretisch. Ich habe meine Erfahrungen gemacht, unfreiwillig und völlig unbedarft im Kindes- und Jugendalter. Ein verbrecherisches Geschäft mit der Sehnsucht und der religiöse Wahn von der vollkommenen Endzeitgemeinde haben mich beinahe kaputt gemacht, bevor ich die Chance bekam, mit dem Leben überhaupt richtig anzufangen."

„Sie waren in einer Sekte?"

„Kann man so sagen. Aber was heißt: Sekte? Es gibt sie in allen Schattierungen. Harmlose, die ihre heimlichen Orte und Rituale haben, und andere, die dich auffressen mit Haut und Haaren."

„Aber Sie sind der Sache entkommen, irgendwann."

„Ja, mit viel Glück und unter einem gewaltigen Risiko. Manchmal staune ich, dass es überhaupt gelingen konnte. Ich wollte Ihnen aber davon gar nicht erzählen. Jetzt nicht, vielleicht bei anderer Gelegenheit. Ich wollte Ihre Meinung hören über die dunkle, die rabenschwarze Seite der Religion. Auch der christlichen. Sie sind Pfarrer und haben eine Menge Erfahrungen mit Menschen und auch mit religiösen Anschauungen und Vorlieben gemacht. Wie kommt es bloß, frag ich mich, dass das Hohe und das Niedrige, das Erhabene und das Würdelose so dicht beieinander wohnen, gerade in dem, was alle Welt als ‚Religion' bezeichnet?"

Beermann atmete tief durch und runzelte die Stirn. Was sollte er antworten? Zu einem kleinen Vortrag auszuholen, dazu hatte er keine Lust und momentan auch keine Kraft. Der Internist wusste von seinem schwachen Herzen und seiner insgesamt instabilen Verfassung, aber er ignorierte es aus dem stärkeren Impuls heraus, mit einem Pfarrer wie in einer intimen Beichtkabine reden zu können. Da konnte es nicht um allgemeine Fragen gehen, die durch distanzierte Antworten zu erledigen waren. Es musste höchst Persönliches im Spiel sein, traumatische Erinnerungen, die den Arzt belasteten und die er anscheinend bereit war, offenzulegen. Jedenfalls partiell.

„Das Erhabene und das Würdelose", wiederholte Beermann nachdenklich. „Erhaben ist für mich, was von Gott ausgeht und was auf Gott hinweist. Und würdelos ist die Erniedrigung, die kalte Instrumentalisierung Gottes zu menschlichen Zwecken."

„Ist mir zu abstrakt", wandte Michelsen ein. „Ich will Ihnen ein Beispiel nennen. Stellen Sie sich eine ländliche Gegend mit vorwiegend einfach gestrickten Menschen vor. Frommen Leuten. Und für noch Frommeres empfänglichen Leuten. Unter denen taucht eine Figur auf, die sich prophetisch gibt und die hochbegabt ist in der Beeinflussung von Menschen. Dieser Kerl redet von Gott und von Gottes Willen und was man alles zu tun und noch mehr zu lassen habe, um dem eisernen Gotteswillen Genüge zu tun. Und die ihm zuhören und ihn anhimmeln, ahnen nicht, dass der angebliche Gotteswille und der perfide Menschenwille dieser religiösen Führergestalt schwer zu unterscheiden sind – oder eigentlich gar nicht. Die Menschen verwandeln sich in eine knetbare Masse in seinen Händen. Sie übertragen ihr Eigentum der Gemeinschaftskasse. Sie übersiedeln in ein Sammellager, das sie mit eigenen Kräften errichtet haben. Sie opfern ihre persönliche Freiheit zugunsten eines sturen Dreitakts von Arbeit, Gebet und Nachtruhe. Ehepaare leben getrennt, um sündiger Fleischeslust zu entgehen. Kinder werden aus der Familie ausgegliedert und in ein zentral geleitetes Kinderhaus gebracht. Bildung wird reduziert auf einen Drill zur völligen Unterwerfung. Zeitungen und Bücher sind verpönt, nicht mal die Heilige Schrift darf eigenständig gelesen werden. Die Abschottung nach außen nimmt im selben Maße zu, wie die Autorität der Leitungsperson ins Maßlose steigt. Was er sagt, ist Gesetz. Und zwar deshalb Gesetz, weil aus seinem Munde kein Geringerer redet als Gott selbst. Er kann gebieten und verbieten, was er will, und er hat früh genug dafür gesorgt, dass kein Widerstand aufkommt. Denn zum System der Gebote gesellt sich ein System der Repression. Wer nicht spurt, wird bestraft. Ohne viel Federlesens und in aller Öffentlichkeit. Da gibt es eine lange Latte von Maßnahmen aus den Rumpelkammern der Menschenschinderei und der Folter. Und alles zur Ehre des Höchsten. Die Erwachsenen verlernen zu denken und die Kinder zu weinen, sie bilden ja alle miteinander eine Gemeinschaft der Vollkommenen, jenseits einer sündenbeladenen, bösen und selbstsüchtigen Welt. Draußen herrscht der Teufel mit all seinen Dämonen, drinnen die reine Gottesliebe. Wie zu Zeiten der christlichen Urgemeinde. Das alles jetzt bloß am Ende der Zeiten, als Vorhut des in Kürze wiederkehrenden Christus."

„Sie bauen da eine sehr bizarre Szenerie auf", sagte Beermann.

„Ja, richtig", gab Michelsen zu, „aber ich war selber gezwungen, in dieser Szenerie zu leben."

Er stand plötzlich auf von seinem Stuhl und sagte: „Tut mir leid.

Ich spreche sonst nie von diesen Dingen, und das wollte ich auch jetzt nicht. Irgendwie haben Sie mich ermuntert dazu, und nun habe ich Sie zugemüllt mit meinem Zeug und kann nur hoffen, dass ich Ihnen die Nachtruhe nicht völlig verdorben habe." Er suchte einen schnellen Abschied und zog die Tür leise hinter sich ins Schloss.

Beermann lag verstört in seinem Bett und sah aus dem Fenster, wo Zweige im Frühlingssturm gegen die Scheiben schlugen. Der Kleine da draußen wird gezaust vom Wind, dachte er, und ich alter Esel werde gezaust vom Internisten, der gefälligst dazu beitragen sollte, dass ich wieder zu Kräften komme. Er löschte das Licht und wälzte sich auf die Seite. Zur Ruhe kam er nicht. Was er vernommen hatte, ließ ihn nicht los, es rotierte fortwährend in seinem Kopf und raubte ihm den gewünschten Schlaf. Und bei alledem, überlegte er, hat er mir noch keineswegs den Hauptteil seiner ganzen Geschichte erzählt; höchstens die Einleitung.

4 Am folgenden Morgen machte Dr. Michelsen zu gewohnter Stunde seine Krankenvisite. Er erkundigte sich nach dem Schlaf und Schlafstörungen der vergangenen Nacht und nach dem augenblicklichen Befinden. Er fühlte den Puls, prüfte den Blutdruck, inspizierte die Apparate und diktierte der begleitenden Stationsschwester unverständliche Daten in die Krankenakte. Betont sachlich erledigte er, was zu tun war. Auf das Gespräch vom Abend zuvor kam er mit keiner Silbe zurück. Beermann hatte sogar das Gefühl, dass der Arzt bemüht war, sich jeden Gedanken daran zu verbieten. War es ihm peinlich? Oder wollte er sich bloß in Anwesenheit von Klinikpersonal keine Bemerkungen erlauben, die missdeutet werden und zu Gerüchten Anlass geben könnten?

„Wir werden Sie nachher verlegen, Herr Beermann“, sagte er. „Intensiv – das muss jetzt nicht mehr sein. Sie kommen in ein Zwei-Bett-Zimmer, eine Etage höher. Da sollten wir Sie noch mal eine Woche beobachten. Eine Mitarbeiterin vom Sozialdienst wird sich mit Ihnen in Verbindung setzen wegen einer anschließenden Heilbehandlung.“

Beermann brummte. Mit der Verlegung war er einverstanden, die Aussicht auf eine Reha schreckte ihn dagegen: „Muss das sein mit der Reha?“, fragte er mürrisch. „Ich kann auch daheim aufpassen und langsam tun.“

„Das Pfarramt als Kurort?“, grinste Michelsen. „Sie werden doch keinen Winkel finden, sich zu verkriechen vor all den Leuten, die Ihren geistlichen Beistand in Anspruch nehmen möchten.“

Beermann missfiel die Ironie, die sich als Fürsorge tarnte, und schwieg. Der Arzt versenkte beide Hände in den Taschen seines weißen Kittels, grüßte mit einer knappen Verbeugung und eilte, von der Stationsschwester gefolgt, aus dem Raum.

Werde einer klug aus diesem Menschen, dachte Beermann. Zum Glück ist es nicht meine Aufgabe, aus ihm klug zu werden. Wenn er wirklich was von mir will, wird er sich melden. Wo nicht, kann ich die angeschnittene, aber nicht zu Ende gebrachte Sache von gestern begraben. Bloß Reha – das gefällt mir gar nicht. Ich merke ja jetzt schon – erstaunlicherweise –, wie mich nicht gerade ein heißes Verlangen, aber doch eine gewisse Lust heimsucht, vor dem Altar und auf der Kanzel zu stehen, mit Ostendorf Bauvorhaben zu verhandeln, im Sekretariat Frau Brotbecks spitze Bemerkungen anzuhören und Konfirmanden zu disziplinieren, die keine Ahnung davon haben, wie man auf einem Stuhl stillsitzen und einen Text fehlerfrei vorlesen kann.

Eine junge, allezeit fröhlich gestimmte Schwester erschien und bereitete den hausinternen Umzug vor. Sie räumte seine Siebensachen zusammen und entschied: „Herr Beermann, wir probieren es zu Fuß. Hinaus auf den Gang und bis zum Aufzug hinüber, das sollten Sie schaffen. Ich helfe Ihnen. Oder wollen Sie die Reise im Bett erleben?"

Beermann war sofort für den Fußweg und schwenkte bereits die Beine unter der Bettdecke hervor. Die Schwester reichte ihm seinen Bademantel und fasste ihn resolut unter dem Arm: „Na, dann wollen wir mal, Herr Pfarrer."

Er ging in kleinen, unsicheren Schritten neben ihr her. Durch den engen Raum bis zur Tür, dann auf den langen Flur, an dessen Ende der Aufzug wartete. Beermann empfand keinen Schwindel, doch seine Beine zitterten erbärmlich, als seien es fremde Körperteile, die gar nicht zu ihm gehörten. „Wir können immer noch abbrechen und den Transport im Liegen abwickeln", deutete die Schwester vorsichtig an, aber Beermann wollte durchhalten und sich keine Blöße geben. Er schaffte es bis in die Nähe des Aufzugs, wo in der Ecke eine Sitzgruppe mit einem Tisch und zwei Sesseln stand.

„Ich hätte nichts dagegen, dort einen Augenblick zu pausieren", seufzte er und ließ sich zu einem Sessel führen, in den er erschöpft niedersank. Die Schwester nahm Platz neben ihm.

„Dass man so rasch und so tief herunterkommen kann", klagte er. „Grade noch hockst du auf dem Fahrrad und durchquerst die Stadt von einem Ende zum andern, und zwar hochvergnügt. Und dann liegst du plötzlich auf der Nase und kriegst sie nicht wieder hoch."

„Das wird schon wieder", tröstete die Schwester.

Beermann stierte vor sich auf den Boden. Auf einmal besann er sich, schaute auf und seiner Nachbarin offen ins Gesicht: „Schwester, wo wir hier so gemütlich zusammensitzen – darf ich Sie was fragen?"

„Nur zu", ermunterte sie ihn.

„Dieser Dr. Michelsen, kommen Sie gut mit ihm klar?"

Die Schwester antwortete nicht sofort, die Frage traf sie offensichtlich überraschend. „Ich muss nicht klagen", sagte sie endlich.

Beermann nickte: „Hab ich auch nicht anders erwartet. Aber verhält er sich nicht ein bisschen arg geschäftsmäßig? Ich meine, dienstlich korrekt, aber persönlich eher reserviert?"

„Schon, ja, meistens jedenfalls."

„Ein gewissenhafter Arzt ist er zweifellos."

„Ja, das sagen alle."

„Lacht er manchmal? Mit Ihnen oder über andre?"

„Selten. Über andre nie, so viel ich weiß."

„Mögen Sie ihn?"

Die Schwester rückte ein paar Zentimeter von Beermann ab und schaute ihn erstaunt an: „Sagen Sie, Herr Pfarrer, was ist los? Wollen Sie mich aushorchen?"

Beermann wand sich. Er wusste, dass er da ein heikles Gespräch angezettelt hatte, das der Schwester unangenehm zu werden begann. Aber er wollte jetzt nicht aufgeben, sondern noch ein bisschen am Ball bleiben. Noch den einen oder anderen Hinweis aufschnappen, der ihm mehr Klarheit über Dr. Michelsen verschaffen konnte.

„‚Aushorchen' ist nicht das richtige Wort und trifft auch nicht mein Anliegen", lenkte er deshalb ein. „Ich möchte mich bloß vergewissern. Verstehen Sie, zwischen Patient und Arzt muss doch, wenn die Behandlung erfolgreich verlaufen soll, ein gutes Vertrauensverhältnis walten. Weil Genesung nicht allein eine Sache der Organe, sondern ebenso der Seele ist. Ein Arzt, gegen den ich Vorbehalte habe, wird mir nicht helfen können."

„Empfinden Sie Vorbehalte gegen Dr. Michelsen?"

„Nein, das nicht, aber Fragen. Und so was darf doch sein, oder?"

Die Schwester zeigte sich erleichtert: „Ich schätze Dr. Michelsen, weil er ein guter Arzt und korrekt zu allen Mitarbeitern ist. Da ist noch nie etwas vorgefallen. Nichts, das zu beanstanden wäre."

Sie sprach nicht weiter, und Beermann versuchte, den Gesprächsfaden nicht abreißen zu lassen: „Wer nur korrekt ist, könnte auch fürchten, irgendwie unangenehm aufzufallen."

Die Schwester nickte.

„Er arbeitet schon lange auf dieser Station?"

„Viel länger als ich. Vorher war er an einer Klinik in Norddeutschland, in Celle, glaube ich. Und dorthin kam er aus dem Ausland. Brasilien oder Mexiko, ich weiß nicht genau."

„Brasilien oder Mexiko", wiederholte Beermann nachdenklich.

„Kann auch Kolumbien gewesen sein. Ist das wichtig für Sie?"

„Nö", meinte Beermann gedehnt. „Nicht wirklich. Nur, bei Menschen, die von weither gekommen sind, steht manchmal eine bewegte oder komplizierte Lebensgeschichte im Hintergrund. Und wenn so einer fachlich kompetent, aber persönlich eher distanziert auftritt und sein Privatleben mehr oder weniger unter Verschluss hält, dann ergeben sich Fragen. Finden Sie nicht?"

„Nicht unbedingt", sagte sie zögernd. „Ich finde eigentlich nichts Auffälliges an ihm, und er selber fällt auch nie besonders auf. – Bis auf einen Fall, vielleicht vor zwei oder drei Jahren. Da wurden in der Klinikleitung Pläne für eine gründliche Umstrukturierung im Haus gewälzt. Unter anderem sollte der Abteilung für Innere Medizin, zu der Dr. Michelsen damals schon gehörte, eine kleine Abteilung für Kinder angegliedert werden. Das hat ihn wahnsinnig aufgeregt. Er war strikt dagegen und tagelang nicht zu genießen. Die anderen Ärzte samt Pflegepersonal konnten sein merkwürdiges Verhalten überhaupt nicht einordnen."

5 Gegen Abend, nach ihrem Besuch in der Klinik, verspürte Bettina einen gewaltigen Hunger nach frischer Luft und körperlicher Bewegung. Sie freute sich auf leichte Gartenarbeit hinter dem Pfarrhaus, auch wenn es bis zum Einbruch der Dämmerung nicht mehr lange dauern würde. Sibylle Brotbeck hatte ihren Bürobetrieb bereits eingestellt, und das war recht so, da musste sie nicht fürchten, bei ihrer Tätigkeit im Garten aus neugierigen Augenwinkeln kontrolliert zu werden.

Im Keller suchte sie ihre Geräte zusammen, streifte sich eine alte Strickjacke über und zog ausgetretene Arbeitsschuhe an. Im anbrechenden Frühling war jede Stunde im Garten eine Erfrischungskur für sie. Erde aufgraben, um etwas hineinzupflanzen, vermoderndes Laub wegräumen, weil es an den Winter erinnerte, der freilich längst ausgespielt hatte, das liebte sie. Die Meisenkästen hätte sie schon früher säubern sollen für die nächste Brut, und beim Komposthaufen in der Gartenecke wollte sie nachsehen, ob der stachlige Untermieter aus seinem langen Schlaf erwacht war. Über den Rasen ging sie hinüber zu den Sträuchern, die im Sommer verschiedenartige Früchte trugen, Himbeeren vor allem, die Beermann besonders mochte und oft schon vor ihrer Reife stibitzte, mit ihrer Genehmigung oder ohne. Sie kniete nieder vor einem Wurzelstock, der freigegraben und angefressen war von einem hungrigen Nager. Mit den Fingern strich sie über das Holz und wollte gerade zur Handschaufel greifen und Erde nachfüllen, als sie das Gefühl durchfuhr, nicht allein zu sein, sondern beobachtet zu werden.

Sie vermied es, sich augenblicklich umzudrehen, und horchte auf Geräusche. Das Tageslicht hatte bereits nachgelassen, und die nahe Nacht kündigte sich an. Wenige Schritte seitlich von ihr hüpfte das Rotkehlchen von Zweig zu Zweig, ihr treuer Freund, der sich immer zu ihr gesellte, wenn sie im Garten beschäftigt war. Dass der Vogel nicht aufgeschreckt davonflog, nahm sie als gutes Zeichen dafür, dass nichts Bedrohliches näherkam. Also entschloss sie sich, von den

Knien hoch in die Hocke zu gehen, um den Kopf nach rückwärts zu wenden. Sie überblickte das Rasenstück und die Buchsbaumhecke im Hintergrund. Aber dann erkannte sie einen Schatten unter den tief herabhängenden Tannenästen neben der Garagenwand. Langsam trat der Schatten aus seiner Deckung hervor, eine von oben bis unten schwarz gekleidete Gestalt. Bettina erschrak und überlegte fieberhaft, ob sie laut rufen und die Gestalt energisch anweisen sollte, ihren Garten zu verlassen. Sie unterließ es in der Gewissheit, dass sie nichts ausrichten würde. Als die Gestalt Schritt um Schritt heranrückte, erhob Bettina sich ganz, um im Zweifelsfall eine Chance zur Flucht zu behalten. Der Schwarze hatte keine Eile und blieb stumm. Er hielt beide Hände auf dem Rücken, als hätte er dort einen Gegenstand zu verbergen, der in Bettinas Fantasie sofort die Umrisse einer Mordwaffe annahm. Dabei setzte der Unbekannte wie in Zeitlupe einen Fuß vor den andern, immer in eindeutiger Richtung auf Bettina zu.

Zurückweichen konnte sie nicht, denn da waren die dichten Beerensträucher und dahinter der Zaun. Zur Seite, das ging, aber es brachte ihr keine Vorteile. Um Hilfe zu schreien war vielleicht angebracht, aber sie zögerte noch. Ihr Schrecken begann, sich mit Spuren von Neugier anzureichern. Deshalb wagte sie sich in die Offensive und redete den unerwünschten Besucher an: „Wer sind Sie und was wollen Sie?"

Keine Antwort. Der Angesprochene blieb zwar einen Augenblick auf dem Fleck stehen, setzte sich aber sogleich wieder in Bewegung.

„Bleiben Sie, wo Sie sind!", herrschte Bettina ihn an. „Kommen Sie bloß nicht noch näher heran! Sonst schreie ich um Hilfe."

Wieder hielt der Eindringling an, und Bettina erkannte bei der geringeren Entfernung, dass er eine schwarze Schirmmütze auf dem Kopf und eine dunkelgraue Maske vor dem Gesicht trug. Wieder ein Maskenmann, dachte sie. Und im nächsten Moment: Es ist derselbe, der mir das geraubte Bündel auf dem Schlossplatz in die Arme schob und der am selben Abend durch das Terrassenfenster glotzte. Aber der trug eine helle Totenmaske, dieser hier hatte eine dunkle Allerweltsmaske aufgesetzt.

„Was wollen Sie?", wiederholte Bettina, „weshalb verfolgen Sie mich? Ich habe Ihnen nichts getan. Ich habe bloß das kleine Kind zurückgebracht zur Mutter, der Sie es weggenommen hatten."

Der Schwarze schwieg immer noch, blieb jetzt aber stehen, anscheinend unschlüssig, was er anfangen sollte. Dann ließ er sich langsam in die Hocke nieder, ohne den Blick von Bettina abzuwenden. Die Hände nahm er vom Rücken nach vorn, und Bettina war aufs Höchste erstaunt, als sie darin einen Blumenstrauß entdeckte. Nicht einen mit Schnittblumen aus dem Laden, ordentlich zusammengebunden und womöglich mit Seidenpapier umwickelt. Sondern einen Raub aus den Vorgärten oder vom Park, im Vorbeigehen abgepflückt und wahllos zusammengesteckt. Ein paar Narzissen waren darunter, ein paar Tulpen, gelb blühende Zweige. Diesen Strauß legte der Maskierte vorsichtig auf den Rasen zu seinen Füßen und stand auf zu einer feierlichen Verbeugung. Und ehe Bettina überhaupt zu begreifen vermochte, was da vorging in ihrem Garten, geschweige denn sich dazu äußern konnte, zog der Mann in einer schnellen Bewegung die Mütze vom Kopf und die Maske vom Gesicht. Es war ein furchtbar entstelltes Gesicht. Von tiefen Narben durchzogen, die von der Stirn über die Wangen bis zum Kinn liefen und wie Furchen auf einem geschundenen Acker wirkten. Die Augen lagen dunkel und tief in ihren Höhlen und schauten traurig, wie Bettina es schon bei ihrer ersten Begegnung in der Stadt bemerkt hatte. Mit einem Griff zog der Mann einen Gegenstand unter seiner Jacke hervor und hielt ihn demonstrativ vors Gesicht. Es war die Totenmaske. Dann gab er ein Geräusch von sich, das Bettina erschauern ließ. Keine gewohnte Menschenstimme, die ein verständliches Wort hätte artikulieren können. Sondern ein abgründiges Murren war es, ein gespenstisches Klagen, wie eine verklemmte Kellertür, die beim Öffnen oder Schließen in ihren rostigen Angeln ächzte. Dann tat der Mensch einen Sprung zur Seite, drehte sich um und rannte mit derselben Behändigkeit, die Bettina schon auf dem Schlossplatz bewundert hatte, aus dem Pfarrgarten davon.

Bettina starrte ihm entgeistert nach und starrte noch, als er längst nicht mehr zu sehen war. Sie ging ein paar Schritte nach vorn und hob die Blumen auf, die der Maskierte für sie hingestreut hatte. Was hatte das alles zu bedeuten? Wer war dieser Unbekannte und weshalb suchte er sie auf? Ihr wurde auf einmal bewusst, dass sie keinen Anlass hatte, sich vor ihm zu fürchten. Wer Blumen schenkt, ist gewiss nicht feindselig gestimmt. Doch was verband ihn mit ihr, dass sie anscheinend zum Objekt seiner Aufmerksamkeit, sogar seiner Zuneigung oder Bewunderung geworden war? Sie hatte keine Ahnung. Konnte es sein, dass er sie verwechselte mit einer anderen Person? Oder dass sie eine Projektion darstellte für irgendjemanden, der ihm lieb und wichtig gewesen war? Seine Frau vielleicht oder seine Mutter?

Den Blumenstrauß deutete sie als rührenden Beweis stiller Verehrung. Buchstäblich *stiller* Verehrung. Warum hatte er kein Wort gesprochen? Konnte er nicht? Und wenn er nicht konnte – weshalb nicht? Gab es einen Zusammenhang zwischen seinem Schweigen – beziehungsweise seinen unmenschlichen Klagelauten – und den vernarbten Furchen in seinem Gesicht?

Bevor sie ins Haus trat, suchte Bettina noch einmal mit den Augen das Gelände ab. Sie tat es ohne Ängstlichkeit. Ihr anfänglicher Schrecken bei der plötzlichen Begegnung war von ihr abgefallen. Jetzt empfand sie nur noch Staunen und Mitleid. Ihrem Mann in der Klinik würde sie nichts erzählen von dem, was vorgefallen war. Erst einmal, jedenfalls.

6 Bei Sibylle Brotbeck im Pfarrbüro hatte sich ein Anrufer namens Schreiber gemeldet und einen Besuchstermin vereinbart. Er wolle das Taufregister einsehen, in Angelegenheiten einer persönlichen Familienforschung.

Pünktlich erschien ein Mann mittleren Alters, der durch sein gepflegtes Äußeres und einen ungewohnten Charme alle vorsorglich errichteten Barrieren der Sekretärin spielend überwand. Trotz eines Dreitagebarts, den Sibylle Brotbeck gewöhnlich verabscheute, weil sie ihn für einen Ausweis männlicher Ungepflegtheit hielt, stellte der Besucher ein Muster an unaufdringlicher Eleganz dar. Er trug seinen Hut in der Armbeuge und lächelte gewinnend, als er sich mit dem Namen Johannes Schreiber vorstellte. Er sei berufsbedingt in der Stadt, denn er sei Journalist und Korrespondent einer überregionalen Tageszeitung in Lateinamerika. Er arbeite an einer Reportage über deutsche Auswanderer, die es während der Nazi-Zeit vorgezogen hätten, zu fliehen und dem Hitlerismus Adieu zu sagen. Darunter seien natürlich Juden gewesen, aber keineswegs ausschließlich. Bei Gelegenheit der Recherchen wolle er nun auch in seiner unübersichtlichen Familiengeschichte ein wenig herumleuchten, soweit sich das bei ziemlich lückenhaften Unterlagen bewerkstelligen lasse. Sein Großonkel mütterlicherseits, den er selbst nie kennengelernt habe, sei ein gewisser Blankenburg gewesen, Robert Blankenburg, und der müsse hier in der Stadt geboren und wahrscheinlich in der hiesigen Gemeinde getauft worden sein. Ob die Sekretärin so freundlich sei, ihm das Taufregister von 1934, am besten auch das von 1935 vorzulegen? Er werde nicht lange brauchen und würde für ihre Hilfe außerordentlich dankbar sein.

„Neuere Einträge werden zentral verwaltet", erklärte Sibylle Brotbeck, „aber die alten Sachen verwahren wir noch in den Gemeindearchiven. Bei uns ist sogar in den Bombennächten des Krieges nichts verloren gegangen."

Sie entschuldigte sich bei dem Besucher und begab sich in den Keller, um den zutreffenden Registerband herauszusuchen. Unterwegs überfiel sie ein Verdacht. Sie hatte den Mann, der sich Johannes Schreiber nannte und auch vorgab, ein Schreiber zu sein, allein in ihrem Büro zurückgelassen. Wenn er nun gar kein Schreiber war und nur einen Trick anwendete, um sie aus dem Büro zu entfernen? Ihre Kasse war leicht zugänglich, auch allerlei amtliche Papierbögen, Stempel und dergleichen. Von ihrer Handtasche ganz zu schweigen. Sie beeilte sich, lief, den gefundenen Band unterm Arm, die Stufen hoch und betrat mit Herzklopfen ihr Amtszimmer. Der Besucher saß brav auf seinem Stuhl, hielt die Arme über der Brust verschränkt und sah sie treuherzig an. Bin ich eine dumme Kuh, dachte Sibylle Brotbeck. Sieht doch ein Blinder, dass der Mann anständig ist und nichts Böses im Schilde führt.

Sie legte den Registerband auf den Tisch und schlug ihn auf beim Taufjahrgang 1934.

„Natürlich könnte es sein, dass dieser Robert Blankenburg gar nicht evangelisch getauft wurde", räumte der Besucher ein. „Das war ja eine Zeit, wo gewisse Kreise es vorzogen, nicht der Kirche, dieser alten jüdischen Sekte, anzugehören."

„Waren Ihre Familienangehörigen denn Nazis?", wollte Sibylle wissen.

„Das weiß ich nicht genau. Möglicherweise. Nach allem, was ich bisher in Erfahrung gebracht habe, könnte Roberts Vater in der Partei gewesen sein. Weniger aus ideologischer Überzeugung als aus beruflichem Kalkül. Parteimitgliedschaft war ja wie ein Passepartout an vielen Stellen."

Er blätterte in den Seiten des Taufregisters und fuhr mit dem Zeigefinger die Rubriken entlang. Sibylle verzichtete auf die sonst übliche Anweisung, mit den alten Dokumenten schonend umzugehen, weil sie es anscheinend mit einem Profi zu tun hatte. Der würde schon keine Eselsohren oder Fettflecken auf den angegilbten Bögen hinterlassen. Stattdessen erwog sie, dem attraktiven Herrn einen Kaffee oder Tee anzubieten, als er ein freudiges „Ich hab ihn!" ausstieß. Hier stand, wonach er so lange gesucht hatte: Robert Blankenburg, geboren am 3.4.1934, getauft am 17.10.1934, dazu die Namen und Adressen der Eltern und der Taufpaten.

„Darf ich mir die Daten abschreiben oder können Sie mir eine Kopie der Seite anfertigen?"

„Mir ist es lieber, Sie schreiben sich heraus, was Sie brauchen."

„Kein Problem." Er zog Notizbuch und Stift aus der Jackentasche und notierte sich Namen und Daten.

„Das wär's schon", sagte er, indem er alles wieder einsteckte und sich erhob. „Haben Sie herzlichen Dank! Sie waren sehr hilfreich, und ich bin glücklich, Sie kennengelernt zu haben."

Sibylle verabschiedete ihn an der Tür und überlegte, warum man dem Charme alle seine Verlogenheiten anmerken und ihn trotzdem genießen konnte wie Zuckerzeug.

Im Büro konnte sie sich nicht verkneifen, dem Herrn durchs Fenster heimlich nachzuschauen. Er hatte seinen Hut wieder aufgesetzt und schlenderte, beide Hände in den Jackentaschen vergraben, dem Tor zur Straße entgegen. Ab und zu unterbrach er kurz seinen Gang und blickte seitlich zum Spielplatz der Kindertagesstätte und in die Gärten hinüber.

Plötzlich löste sich hinter dem Schuppen, in dem Gartengeräte und Spielzeug untergebracht waren, eine schwarz gekleidete Gestalt, die in weiten Sätzen auf den Journalisten zusprang. Der schien überhaupt nicht erschrocken oder verwundert zu sein, offenbar hatte er das Zusammentreffen erwartet. Er legte seinen Arm um die Schultern des Kleineren, sprach auf ihn ein und lachte. Dann verließen beide in sichtlichem Einvernehmen den Hof und gingen durchs Tor auf die Straße.

Schreiber, dachte Sibylle Brotbeck, der Mann nannte sich Johannes Schreiber. Und er suchte nach einem gewissen Robert Blankenburg. Die zwei Namen sollte ich mir merken.

7 Mit seinem Bettnachbarn im Krankenzimmer hatte Beermann es nicht glücklich getroffen. Es war ein stämmiger Türke mit erheblichem Bewegungsdrang. Andauernd stieg er aus dem Bett und turnte herum, besetzte das Bad und kramte in seinem Spind, als halte er dort geheimnisvolle Gegenstände unter Verschluss. Dazu füllte sein ständiges Husten den Raum mit Knoblauchdüften. Jeden Mittag erfolgte eine anatolische Invasion, seine unüberschaubare Sippe in immer neuen Zusammensetzungen, die alle Sitzgelegenheiten in Anspruch nahm, auf der Fensterbank und sogar auf dem Rand des Krankenbettes hockte und sich glänzend unterhielt. Aus mehreren Thermoskannen wurde Tee herumgereicht, ebenso Süßes in aufgeschlitzten Packungen und Dosen, und wenn eine Schwester zur Tür hereinspazierte, verdrehte sie nur die Augen und beeilte sich, nach draußen zu entkommen.

Beermann war erst amüsiert über das muntere Treiben, bald aber bloß noch genervt. Zumal der türkische Nachbar, wenn er denn mal seine Angehörigen verabschiedet und seine Inspektionen in Zimmer und Bad beendet hatte, auf hartnäckige Weise die Unterhaltung suchte, von der Autowerkstatt schwärmte, die er übernommen habe, und von dem neuen Ferienhaus in der Heimat, das nahe am Meer liege und das er an Deutsche vermiete, zu sehr günstigen Preisen.

Er wolle nicht in die Türkei, betonte Beermann, nicht urlaubshalber und auch sonst nicht, und solange Erdogan noch am Ruder sei, denke er nicht im Traum daran. Der Bettnachbar nahm es grinsend hin und wechselte das Thema.

Dass Beermann sein Krankenzimmer mit einem anderen teilte, hatte auch zur Folge, dass Dr. Michelsens nächtliche Besuche unterblieben. Beermann wusste nicht recht, ob er das bedauern oder eher begrüßen sollte. Sein Forschungsinteresse, die Biografie des Arztes betreffend, war keineswegs erloschen. Offenkundig hatte der Internist Anlass, gewisse Dinge aus seiner Vergangenheit zu verbergen, und trotzdem war er kurz davor gewesen, sich seinem seelsorgerlichen Patienten gegenüber zu offenbaren. Den Anfang hatte er ja schon gemacht.

Jetzt sah Beermann ihn nur noch zur Visite. Einen freundlichen, äußerst aufmerksamen Mediziner, der im Übrigen recht zugeknöpft wirkte und keine Anstalten machte, noch einmal ein persönliches Gespräch zu beginnen. Die Person des Doktors verschwand hinter der Funktion, die er wahrzunehmen hatte.

Beermanns Zustand besserte sich deutlich und schneller als erwartet. Er hatte erwogen, angesichts des anatolischen Trubels an jedem Nachmittag den Antrag auf Verlegung in ein ruhigeres Zimmer zu stellen, hatte dann jedoch Abstand genommen, um keinen Verdacht auf Fremdenfeindlichkeit zu erregen. So streichelte er sein Gewissen und litt unter den Kosten, die das verursachte, statt sich freundlich, aber bestimmt zu wehren.

Als Dr. Michelsen ihm eröffnete, er könne am Wochenende entlassen werden, wenn er's denn nach wie vor ablehne, zur Weiterbehandlung eine Reha aufzusuchen, tat sein lädiertes Herz einen fröhlichen Hüpfer. Der Arzt warnte vor Überanstrengungen, die er noch nicht verkraften könne, und schlug ihm vor, mindestens zwei Wochen Urlaub zu machen an einem Ort, wo es so langweilig sei, dass er gar nicht in die Versuchung käme, große Ausflüge zu unternehmen.

„Die Wüste also“, meinte Beermann.

„Ungefähr“, lächelte der Arzt, „es könnten aber auch die Weiten Anatoliens sein.“ –

Am Samstag war Bettina früh zur Stelle, um seine Sachen einzupacken und den halbwegs genesenen Patienten nach Hause zu bringen. Beermann war glücklich. Einen prekären Gesundheitseinbruch überstanden, das Krankenhaus mit all seinen Begleiterscheinungen ebenfalls – das war wunderbar! Ostern war vorüber, und er feierte seine private Auferstehung. Fast war ihm nach Singen zumute. Er würde sich tatsächlich überlegen, dem ärztlichen Rat zu folgen und ein paar Tage Erholungsurlaub zu nehmen. Ein paar Tage, höchstens eine Woche. Aber keinesfalls vierzehn Tage. Und unbedingt mit Bettina zusammen. Und nicht irgendwo in einer Wüste.

Dr. Michelsen erschien zur Verabschiedung. Er schärfte ihm ein, dass er sich nicht einbilden dürfe, völlig genesen zu sein. Bloß gebe es jetzt keine Veranlassung mehr, ihn in der Klinik festzuhalten. Das Beste für ihn sei aber immer noch eine Zeit in der Reha. Doch wenn er partout nicht wolle, sei da eben nichts zu machen. Des Menschen Wille sei sein Himmelreich und manchmal auch sein Sargdeckel. Er wolle ihn trotzdem trösten: hoffnungslos sei seine Lage nämlich nicht. Er könne allerdings persönlich viel dazu beitragen, dass sie es werde.

Seine Tröstungen empfinde er als sehr ermutigend, knurrte Beermann und wollte sich schon, Bettina vor sich herschiebend, dem Ausgang zuwenden, als Dr. Michelsen ihn am Arm festhielt: „Herr Pfarrer", sagte er leise, „nichts für ungut. Sie werden es schaffen. Die Prognosen sind insgesamt nicht übel. Und –", der Kopf des Arztes näherte sich seinem Ohr: „Wir sind in einer Nachtstunde auf der Intensivstation ins Gespräch gekommen, das leider abgebrochen wurde. Dürfte ich mich demnächst bei Ihnen melden, um es fortzusetzen?"

Beermann war erstaunt, nickte aber: „Von mir aus gern. Aber nach meinem Urlaub, bitte."

„Nach Ihrem Erholungsurlaub, natürlich", sagte der Arzt.

Das Krankenköfferchen trug Bettina bereits in der Hand. Beermann wandte sich an seinen türkischen Zimmergenossen, der ausnahmsweise still unter der Decke lag.

„Machen Sie's gut!", sagte er.

„Allah sei mit dir", erwiderte der Türke schmunzelnd, und Beermann war sich sicher: dieses Schlitzohr wusste genau, dass er ein evangelischer Pfarrer war. –

„Mallorca kommt absolut nicht infrage", entschied Bettina, als sie daheim auf dem Sofa saßen und ihre Wiedervereinigung in Freiheit feierten. „Viel zu gefährlich. Schon der Flug wäre ein Abenteuer wider alle Vernunft, bei deinem klapprigen Herzen. Am Ende käme es zu einer Landung für deine Beisetzung in fremder Erde."

„Gar nicht so einfach – mit der Beisetzung von Urlaubern auf der schönen Insel. Hab ich dir mal die irre Story von einem Heilbronner Kollegen erzählt?"

„Wahrscheinlich eine makabre", mutmaßte Bettina.

„Ja, schon", gab Beermann zu, „aber auch komisch. – Das war vor Jahren, als überall in den Gemeinden die Altenarbeit zu boomen anfing. Eines der wenigen Felder, wo mit Zuwächsen und Expansionen gerechnet werden konnte. Man versammelte die Senioren nicht mehr nur im Gemeindezentrum, um sie mit Kaffee und Kuchen zu bedienen und mit ewigen Dia-Vorträgen zu langweilen. Jetzt ging's hinaus ins Grüne. Die Pfarrer entdeckten die Ausflugslust ihrer Senioren, und die Busunternehmen entdeckten die Pfarrer. Ein reger Altentourismus kam in Gang, und natürlich war ich selber auch dabei. Manchmal bin ich sogar mitgefahren, wenn's nach Heidelberg und in den Odenwald oder ins Allgäu ging. Tagesreisen hin und zurück. Für manche Kollegen war das aber bald zu spießig, und die Ziele wurden glänzender, die Strecken weiter. Und einer in Heilbronn, seinen Namen hab ich im Moment nicht parat, veranstaltete Flugreisen für Gemeindesenioren, vorzugsweise nach Mallorca. Bis er auf einmal die Nase voll hatte, und das kam so:

Er hatte sich eine ansehnliche Reisegruppe aus dem Unterland zusammengeworben, hatte sie auf den Echterdinger Flughafen karren und dort in den Billigflieger nach Mallorca steigen lassen. Die Leute waren betagt, einige hochbetagt, aber samt und sonders unternehmungslustig. Wessen Leben allmählich abnimmt, der will noch was vom Leben haben. Und zwar sofort. Und möglichst spektakulär. Wenn die Angehörigen daheim bedenklich dreinschauen und die ganze Tour so oder so vermasseln möchten, muss man erst recht in der Spur bleiben. Die anderen denken sowieso nur an das viele Geld, das die Alten auf den Kopf hauen, ohne richtig unterscheiden zu können, ob sie auf einer Mittelmeerinsel oder an einem Baggersee gelandet sind.

Also gut, der Flieger hebt ab, nachdem kaum einer mit dem Anschnallen zurande gekommen ist und alle die mündlichen und gestischen Anweisungen der Stewardess aufgesogen haben wie das Evangelium. Der Startschub, der die Körper in die Sitze drückt, hat dem und jenem den Atem stocken lassen, aber das hat sich gegeben. Jetzt schwebt man hoch in der Luft und fühlt sich leicht wie ein Vogel. Der gereichte Kaffee ist willkommen, besonders dann, wenn er im Flugpreis inbegriffen ist. Das Leben kann fantastisch sein.

Im Landeanflug auf die Insel herrscht wieder Anschnallpflicht. Da braucht man erneut die Assistenz des Personals. Die Stewardessen kennen das schon und beugen sich über die Sitzenden. Plötzlich fährt eine hoch, läuft durch den Gang zum Cockpit, kehrt zurück, sucht und findet den Reiseleiter, meinen Heilbronner Kollegen, und redet flüsternd, aber energisch auf ihn ein. Der Pfarrer schält sich aus seinem Sitz, folgt der Stewardess und muss eingestehen, dass sie recht hat. Eine alte Dame aus seiner Reisegruppe hat den Kopf zur Seite geneigt und ist wirklich nicht imstande, ihren Sicherheitsgurt anzuschnallen. Sie ist tot.

Jetzt folgt eine rege Betriebsamkeit des Bordpersonals, die Unruhe ringsum wächst, und der Pfarrer möchte sonst wo sein, nur nicht mit einem Haufen alter Menschen samt der Verblichenen in diesem unglücklichen Flieger. Als sie aussteigen, wartet der Krankentransporter schon bei der Gangway. Der Pfarrer beobachtet seine aufgeschreckte Herde und überschlägt, wer von den Lebenden besser ebenfalls in den Sanitätswagen gesetzt werden sollte, um in der allgemeinen Aufregung nicht Schaden zu nehmen. Er kommt auf ein starkes Dutzend und weiß, dass es nicht geht. Der Sanitäter macht geltend, er sei nicht für Leichentransporte, sondern bloß für Krankenbeförderungen zuständig, und zwei Herren vom Flughafen machen ihm klar, dass er jetzt eine Ausnahme zu machen und mit der verstorbenen Passagierin da und dorthin zu fahren habe. Der Pfarrer versucht herauszubekommen, was mit der verstorbenen Frau zu geschehen habe, und meint nach einer Weile verstanden zu haben, dass es in der Pathologie eine Untersuchung geben müsse und dass daraufhin die vorläufige Einsargung sowie die Vorbereitung für den Rücktransport erfolge. Ihre Papiere hat die Dame bei sich, der Pfarrer muss seine Daten hinterlassen und wird nach seiner Erreichbarkeit auf der Insel gefragt.

Er wendet ein, dass er keineswegs sicher sei, wie ursprünglich vorgesehen auf der Insel zu bleiben.

‚Dann klären Sie das bitte', sagt der Mann vom Flughafen.

Nach einigem nervösen Hin und Her versammelt der Pfarrer seine Truppe in einer ruhigen Ecke des Terminals. Eine furchtbare Geschichte, erklärt er, auf die nun gar keiner gefasst sein konnte. Wahrscheinlich sei Frau Sowieso an einem plötzlichen Herzversagen gestorben, weil ihr Gesundheitszustand die Strapazen dieser Reise nicht verkraftet habe. Sie hätte gar nicht mitkommen dürfen.

Alt sind wir alle, sagt jemand im Hintergrund.

Und den größten Teil des Flugs hat sie immerhin noch erleben können, meint ein Gemütsmensch.

Der Pfarrer plädiert für den sofortigen Abbruch des gesamten Unternehmens und für eine Heimkehr bei nächster Gelegenheit.

Die Köpfe sind gesenkt, und die unfreiwillig Gestrandeten hüllen sich in Schweigen.

Bis ein Mutiger seinen Arm in die Höhe streckt und sagt: ‚Herr Pfarrer, da haben Sie schon recht, wenn Sie meinen, wir könnten unseren Urlaub auf der Insel abbrechen, bevor er überhaupt angefangen hat. Aber wissen Sie: dadurch, dass wir alle wieder daheim im Sessel sitzen und in den öden Fernseher glotzen, wird die arme Frau auch nicht wieder lebendig.‘

Eine gewisse Logik ist dem Einwand nicht abzusprechen, dennoch verweist der Pfarrer auf elementare Anforderungen der Pietät und der Solidarität. Er findet Zustimmung, aber kein Ergebnis in seinem Sinne. Die Senioren formieren sich zum Widerstand gegen eine vorzeitige Rückreise. Einmal wegen des guten Geldes, das man mit vollen Händen zum Fenster hinausgeworfen habe – ein Argument, das unter Schwaben immer sticht. Außerdem sei man nun schon mal da. Und die meisten zum ersten Mal. Der Herr Pfarrer könne bestimmt noch eine ganze Reihe schöner und weiter Reisen unternehmen, aber sie seien alt und kämen wahrscheinlich nicht wieder so komfortabel vor die Tür.

Der Pfarrer gibt zu bedenken, dass nach dem Erlebten auch die Urlaubstage auf Mallorca ziemlich trist und unerfreulich werden dürften. Aber die Alten beruhigen ihn, das sei nicht gesagt und er möge es ruhig ihnen überlassen.

Kurzum: die Verstorbene wurde als Frachtgut heimgeschickt, die übrigen verlebten ihre vierzehn Tage bei vollem Programm auf der

Insel, und niemand litt unter nennenswerten Beschwerden. Vereinbarungsgemäß wurde der Tod der Teilnehmerin tabuisiert, keiner redete davon, um die Urlaubsstimmung nicht zu trüben, und auch bei den Postkarten und Telefonaten nach Hause kam keine Silbe über das Unglück aufs Papier oder über die Lippen.

Als die zwei Wochen zu Ende waren, landete die Gesellschaft auf dem Stuttgarter Flughafen und erinnerte sich daran, dass sie nicht vollzählig war wie zum Reisebeginn. Man richtete sich innerlich ein auf Zeichen und Sprachregeln der Trauer, setzte betretene Mienen auf und stellte sich derart den Angehörigen, die sie auf dem heimischen Kirchplatz erwarteten. Verwundert schauten sie auf lauter fröhlich winkende Menschen mit lachenden Gesichtern. Na, die hatten Nerven! Sie stiegen langsam einer nach dem andern mit bedrückten Gemütern aus ihrem Bus und konnten nicht fassen, dass sie in eine Atmosphäre der Ausgelassenheit hineingerieten. Die Stimmung wurde nicht einmal dadurch verdorben, dass eine der Mitreisenden vermisst wurde. Denn es wurde niemand vermisst. Frau Sowieso war allein und ohne familiären Anhang gewesen.

Dem Pfarrer dämmerte Schreckliches. Er musste mit der Möglichkeit rechnen, dass die Verblichene auf ihrem Weg in die Heimat überhaupt noch nicht angekommen war. Doch wenn sie nach zwei Wochen nicht hier war, wo war sie dann?

Ich kürze ab: Frau Sowieso hatte ihre Mallorca-Reise nicht abgebrochen, sondern auf merkwürdige Weise erweitert. Erst havarierte nämlich der Flieger, mit dem sie zurücktransportiert werden sollte, durch einen Pilotenfehler vor dem Start und war vorläufig fluguntauglich. Alle Passagiere wurden evakuiert, die Fracht umgeladen. Der Sarg sollte in einem anderen Flieger Richtung München untergebracht werden, landete aber durch einen Logistikfehler in einem Transport nach New York. In New York entdeckte man, dass da etwas schiefgelaufen war, und stellte in Palma umständliche Nachfragen. Im Zuge dieser Prozedur, die irgendwie zu keinem Resultat führte, wurde der Sarg in einer Lagerhalle des Kennedy-Airport schlicht vergessen. Über eine Reihe von Tagen hin. Dann war es ein Spürhund der Drogenfahndung, der bei einer routinemäßigen Durchsuchung des

Transportlagers auf den Sarg aufmerksam wurde, weil er seinem Geruchsempfinden verdächtig vorkam. Kontrolleure öffneten den Sarg, fanden nicht, was sie vermuteten, setzten nun aber die Hebel in Bewegung, die nötig waren, Frau Sowieso endlich an ihren Bestimmungsort zu überführen."

„Eine dolle Geschichte", sagte Bettina.

„Und nicht erfunden", versicherte Beermann. „Es heißt sogar, man habe im Kreis der Seniorengruppe die postmortale Weltreise ihrer Glaubensschwester durchaus mit Anerkennung bedacht. Da ist sie noch viel weiter herumgekommen, als sie selber sich vorgestellt hat, sagte man, und das alles, ohne einen Cent dafür auszugeben!" –

„Also nicht Mallorca", entschied Bettina. „Auf gar keinen Fall. Oder höchstens über meine Leiche."

„Oh", grinste Beermann, „ich würde mir nie erlauben, mich auf der spanischen Insel zu vergnügen, während ich dich vorübergehend bei einem Bestattungsinstitut parken müsste!"

8 Die Wahl fiel auf Bad Urach. Das war nicht weit und konnte bequem mit dem Auto erreicht werden. Trotzdem erschien es ratsam, eine Unterkunft in Urach zu buchen, um jede unnötige Anstrengung zu vermeiden. Außerdem sollte der Pfarramtsbetrieb noch einige Tage auf Abstand gehalten werden.

Zwar bedeutete Bad Urach nicht die Wüste, doch die Kapazitäten für Langeweile erschienen ausreichend. Gut, man konnte das herzogliche Schloss besichtigen, wieder einmal. Die Sammlung von barocken Prachtschlitten. Man konnte auch das Stift aufsuchen zu irgendeinem Vortrag oder die Amanduskirche zu einem Konzert. Sofern es so etwas geben sollte. Badeanwendungen im Kurviertel lagen ebenfalls auf der Hand. Und schließlich war's im Café am Marktplatz zur Not auszuhalten oder bei gemächlichen Spaziergängen den Bach entlang oder zum Wasserfall hinüber.

Beermann ließ sich ein Doppelzimmer für acht Tage reservieren und packte bereits nach vier Tagen seinen Koffer wieder. „Mir reicht's!", sagte er, „Erholung kann anstrengender sein als Stress. Wenn ich weiter zu Kräften kommen soll, muss ich aufhören, nichts zu tun."

Auf dem Heimweg im Auto machte Bettina einen Anlauf, zur Sprache zu bringen, was sie bislang verschwiegen hatte.

„Du, Helmut", begann sie zögernd, „da ist noch was, das ich dir erzählen sollte. Ich hab's bisher bloß unterlassen, um dich nicht unnötig aufzuregen."

„Ich rege mich nie auf", behauptete er.

„Natürlich", sagte Bettina trocken, „außer wenn du geladen bist. – Also, was ich erzählen wollte: du erinnerst dich an den Mann mit der Maske, der mir auf dem Schlossplatz das Wickelkind aufgedrängt hat."

„Und den du mit seiner Totenmaske angeblich noch einmal auf unsrer Terrasse gesehen hast."

„Er war tatsächlich auf der Terrasse, Helmut."

„Ach ja?"

„Er war sogar noch mal dort, als du in der Klinik warst."

Beermann schwieg. Fing seine Frau an, unter Halluzinationen zu leiden? War gar nicht er es, der dringend ausspannen und das Gleichgewicht seiner äußeren und inneren Kräfte zurückgewinnen sollte, sondern sie? Sie fuhren auf der Schnellstraße oberhalb des Tales, die bewaldeten Albhänge glitten vorüber, und die Ausfahrt bei Metzingen Richtung Stuttgart wurde angezeigt.

„Willst du nichts davon wissen?", fragte sie gereizt.

„Doch, doch, selbstverständlich", beeilte Beermann sich zu beteuern, „schieß nur los!"

„Also, ich hatte dich im Krankenhaus besucht und danach große Lust, mich im Freien zu bewegen. Am besten bei ein bisschen Gartenarbeit. Ich pusselte also in der Erde herum, bis ich plötzlich merkte, dass jemand in der Nähe war. Ich sah nichts und ich hörte nichts, aber ich spürte was. Sehr seltsam. Als ich mich umdrehte und halbwegs aufrichtete, erkannte ich in der Dämmerung einen Schatten unter der Tanne. Der Schatten verließ seinen Standort, und eine Menschengestalt kam langsam auf mich zu. Das erschreckte mich ziemlich, doch ich riss mich zusammen für eine klägliche Gegenwehr. Ich verlangte nämlich, er solle meinen Garten sofort verlassen. Was ihn überhaupt nicht beeindruckte. Er kam noch näher, und da sah ich, dass er zu seinen schwarzen Klamotten eine dunkle Gesichtsmaske trug. Es war der Maskenmann."

„Donnerwetter", entfuhr es Beermann, „und das hast du wirklich nicht geträumt?"

„Helmut", erwiderte sie tadelnd, „was ich geträumt habe, vergesse ich in der Regel, aber diese Begegnung im Garten war unmissverständliche Realität. Und wenn du von Blumen träumst und aufwachst, liegen auch nicht auf einmal Blumen vor deinen Füßen."

Beermann stutzte: „Entschuldigung, was soll das jetzt?"

Bettina schmunzelte: „Ja, das gehört zu der geheimnisvollen Erscheinung im Garten, die eben kein Traum und keine Vision war. Ein paar Meter entfernt von mir kniete der Mensch nämlich nieder und legte einen Blumenstrauß für mich hin."

„Eine Liebesgabe?“, wunderte sich Beermann.

„Anscheinend. Und bevor er wieder verschwand, streifte er seine Mütze vom Kopf und nahm die Maske vom Gesicht.“

„Und?“

„Sein Gesicht war eine zerfurchte Fläche. Mit vernarbten Gräben von der Stirn bis zum Kinn. Entsetzlich. Aber das war noch nicht alles.“

„Na?“

„Er unternahm Versuche, sich irgendwie zu äußern. Aber er sagte kein Wort, das ich verstanden hätte. Es grunzte und röhrte nur tief in seiner Kehle. Dann sprang er auf und davon.“

Beermann überlegte: „Und seitdem hast du ihn nicht wieder zu Gesicht bekommen, beim Pfarrhaus oder sonst in der Stadt?“

„Doch.“

„Tatsächlich?“

„Um genau zu sein, habe nicht ich selber ihn wiedergesehen, sondern Sibylle Brotbeck.“

„Im Pfarrbüro?“

„Nein, davor. Sie hatte Besuch von einem Menschen, der aus Gründen privater Familienforschung Einsicht in alte Taufregister nehmen wollte. Ein Gentleman alter Schule, wie sie verriet, Journalist aus Südamerika und wegen einer Reportage in Deutschland. Johannes Schreiber mit Namen, jedenfalls ein Auslandsdeutscher.“

„Hat er gefunden, was er wollte?“

„Ja, den Taufnamen eines entfernten Verwandten, dem er persönlich nie begegnet war, eines gewissen Robert Blankenburg, wenn ich das richtig im Kopf habe.“

„Schön, und was hat das mit deinem liebenswerten Phantom zu tun?“

„Weiß ich auch nicht genau. Immerhin verließ der smarte Herr das Pfarrbüro und wurde auf dem Hof erwartet. Dreimal darfst du raten, von wem.“

„Das wird ja immer rätselhafter. Ziemlich verrückt, findest du nicht?“

„Und ob! Und außerdem ziemlich beklemmend.“

„Gehen wir die Sache doch im Einzelnen und in Ruhe durch“, schlug Beermann vor. Er hatte jetzt die Bundesstraße nach Stuttgart erreicht und bummelte in der endlosen Karawane mit, die sich auf der Strecke zähflüssig vorwärtsschob.

„Wir haben keine Ahnung, wer dieser Mensch mit der Maske ist, was er will und warum er an dir, allem Anschein nach, einen Narren gefressen hat.“

„Richtig. Er spielt den Unhold und ist doch keiner.“

„Und sein Kindesraub auf dem Schlossplatz?“

„War überhaupt keiner, da bin ich inzwischen sicher. Er wollte das Kind nicht stehlen, er wollte es schützen. Wollte es bewahren vor dem Zorn und den Schlägen der Mutter.“

„Da müsste er aber reichlich oft einschreiten und Menschen in Schutz nehmen, denen Gewalt angetan wird, auf die eine oder andere Weise.“

„Ja. Möglicherweise klickt es bei ihm aber nur, wenn's um Kinder geht und um eine handgreifliche Kinderzüchtigung.“

„Könnte sein. Darum lag ihm am Ende auch völlig fern, das Kind zu entführen und ihm irgendwie böse mitzuspielen. Er wollte es nur in guten Händen wissen. Und als er über den Schlossplatz rannte und nach einer Gelegenheit suchte, das Kind nicht bloß loszuwerden, sondern es einer absolut vertrauenswürdigen Person zu überreichen, da war er bei dir natürlich an der richtigen Adresse. Das muss er sofort gespürt haben.“

Bettina sah ihn streng von der Seite an: „Hör auf zu frotzeln. Die Sache ist ernst.“

„Natürlich ist sie ernst“, ruderte Beermann zurück, „aber nun auch wirklich seltsam. Gut, machen wir uns noch ein paar Gedanken über den Maskenmann.“

„Was mich auch verblüffte: Im Garten trug er zuerst eine dunkle Allerweltsmaske, zog dann jedoch die bleiche Totenmaske aus seiner Jacke und hielt sie kurz vors Gesicht, wie eine Demonstration für mich.“

„Die Maske verdeckt das geschundene Gesicht, eine aufgesetzte Totenmaske möchte wahrscheinlich noch mehr erzählen.“

„Was denn?"

„Was weiß ich? Vielleicht, dass derjenige, der sie trägt, nach eigenem Ermessen den Tod schon erlitten hat."

„Oder dass er unterwegs ist, den Tod zu bringen."

„In diesem Fall wäre der Knabe so harmlos nicht. Beseelt zu sein von einem Zwang zu töten, das ist gefährlich und schon im Ansatz kriminell."

„Vielleicht ist der Knabe, von dem du redest, überhaupt kein Knabe, sondern ein Mädchen. Wie fändest du das?"

„Überraschend. Die Töne, die du von ihm gehört hast, als er anscheinend irgendwas mitteilen wollte, waren tief. Das spricht nicht für ein Mädchen."

„Ja, richtig. – Aber der Mensch war relativ klein. Gedrungen und flink. Der rannte und sprang wie ein Athlet oder – entschuldige – wie ein Affe."

„Wer wie ein Affe springt, muss nicht gleich ein Affe sein."

„Klar. Weiß ich auch. Aber trotzdem, ich kann einfach nichts dafür, dass mich sein Gebaren stark an einen Affen erinnert."

„Schimpanse oder Pavian?"

Bettina schnaufte erbost: „Helmut, mit dir kann man nicht vernünftig reden. Du bist ein Kindskopf."

Sie war verschnupft und rollte sich innerlich zusammen. Beermanns Versuch, sie ins Gespräch zurückzuholen, scheiterte kläglich. Beide waren froh, als sie das heimatliche Ziel erreicht hatten. Dort flohen sie auseinander, jeder in seinen geschützten Winkel.

9 Er erschien auf die vereinbarte Minute und hatte sogar einen Blumenstrauß dabei. „Für Ihre liebe Frau", sagte er.

Dr. Michelsen hatte sich tatsächlich gemeldet und seinen Besuch angekündigt, an einem Mittwochnachmittag, da habe er dienstfrei.

Weil die Sonne es gut meinte, verlegte Beermann das Gespräch nach draußen. Der Internist erkundigte sich nach seinen Fortschritten bei der Genesung und war mit ein paar dünnen Auskünften zufrieden. Sein Besuchsinteresse lag auf anderem Gebiet.

„Was ich nachts an Ihrem Krankenbett begonnen habe, möchte ich gern zu Ende bringen", sagte er, „und ich verbinde auch eine Hoffnung damit. Dazu vielleicht später mehr."

Beermann sagte, er wolle sich ganz aufs Zuhören verlegen. Und nach den Eröffnungen in der Kliniknacht sei er jetzt aufrichtig gespannt.

„Die Sache ist die, dass ich mich schuldig gemacht habe", begann der Arzt. „Oder in eine Geschichte hineingeraten bin, in der man nicht unschuldig bleiben konnte. Ich habe das Ganze bisher in mir verschlossen wie in einem inneren Tresor. Aber das ist nicht gut. Es bekommt auf die Dauer nicht. Und ich weiß: es amputiert viele meiner Lebens- und Kontaktmöglichkeiten."

Beermann nickte nur, und der Arzt fuhr fort: „Ich bin Deutscher, aber nicht in Deutschland geboren. Meine Eltern stammten aus dem Siegerland, einer religiös ziemlich erhitzbaren Gegend, wo Erweckungsprediger wiederholt großen Zulauf hatten. Auch meine Eltern waren fromm. Entschiedene Christen sozusagen, und zwar programmatisch in Wort und Tat. Ende der fünfziger Jahre gerieten sie in den magischen Kreis eines Mannes, der Genie und Scharlatan zugleich war, ein religiöser Eiferer und ein menschliches Ekel. Er hatte verschiedene Anstellungen in diakonischen Einrichtungen hinter sich und hielt es nie in einem Dienstverhältnis aus. Mehrmals war er schon an die Luft gesetzt worden, was er freilich zu verheimlichen wusste. Dieser Mann wurde zum Schicksal meiner Eltern – und zu meinem auch. Mit Freunden aus dem freikirchlichen Spektrum hatte er um die Mitte der fünfziger Jahre eine christliche Modellgemeinschaft gegründet, die er mit dem merkwürdigen und irreführenden Titel ‚Private Sociale Mission' versah. Die Gruppe hatte ihren Sitz in Siegburg und strebte, so jedenfalls die Eigenwerbung, das Vorbild der christlichen Urgemeinde an. Dazu gehörten praktisch eine zweifelsfreie Glaubensüberzeugung, gemeinsames Leben ohne Privateigentum und im Grunde auch ohne Privatsphäre sowie unbedingter Gehorsam.

Meine Eltern waren derart beeindruckt von dem Mann und der Lebensform, die er anpries, dass sie ihm auf den Leim gingen und sich nach und nach völlig in seine Hand gaben. Er durfte für sie denken, entscheiden und sorgen. Dass ihr Weg in die religiöse Vollkommenheit aus lauter Schritten zur eigenen Infantilisierung bestand, ist ihnen nie bewusst geworden.

Der angebliche Prophet, der Menschen zu begeistern und mit allem möglichen Zeug zu infiltrieren wusste, war gewissermaßen ein Doppelagent. Ein Mensch mit zwei Seiten, zwei völlig konträren Gesichtern. Ein Heiliger und ein Schurke. Seine persönliche Leidenschaft waren kleine Buben, aber das durfte natürlich keiner wissen, deshalb baute er zur Ablenkung eine kolossale Moralfassade auf, die er nach außen präsentierte und hinter der er seine pädophilen Neigungen versteckte. Das wuchs sich später zu grotesken und schwerkriminellen Strategien aus, war aber schon in der Siegburger Kommunität maßgebend. Als die Staatsanwaltschaft von seinen Machenschaften Wind bekam und ihm auf die Pelle rückte, nahm er Reißaus. Aber nicht allein. Er nahm eine große Gruppe von etwa dreihundert Eltern und Kindern mit in ein gemeinsames religiöses Exil, das er seinen Anhängern als Gelobtes Land verkaufte. Nach gefährlichen Wüstenwanderungen werde man es erreichen und besitzen. Dieses Land sollte in Chile liegen, südlich von Santiago.

„Die Colonia Dignidad", flüsterte Beermann.

„Sie haben davon gehört oder gelesen?", fragte der Arzt.

„Nicht sehr viel", sagte Beermann. „In den Zeitungen kamen hin und wieder Berichte, und war's nicht zuletzt sogar unser Außenminister, der an die düstere Geschichte der Kolonie erinnert hat?"

„Ja, genau. Das war mutig von ihm, aber auch überfällig, selbst wenn es die meisten gar nicht registriert haben. Es war überfällig nach allem, was in der Vergangenheit bei Stellen des deutschen Außenministeriums schiefgelaufen war mit Blick auf die deutsche Kolonie in Chile und deren Aktivitäten. In der Zeit des Putschistengenerals Pinochet hatten die Gruppe und ihr Anführer sich diesem skrupellosen Kommunistenfresser angedient, weil sie da so viel wunderbaren Geist von ihrem Geist entdeckt hatten. Sie scheuten sich nicht, aus ihrer Kolonie ein Lager zu machen, völlig abgeschottet nach außen, und in diesem Lager den Leuten des chilenischen Geheimdienstes, der DINA Pinochets, bis zu deren Auflösung Schutz zu gewähren. Die konnten dort nach Belieben Oppositionelle gefangen halten, foltern und umbringen. Wenn das einer von den christlichen Kolonisten mitbekam und nicht decken wollte, sodass er die Flucht aus dem Lager plante, was natürlich schon eine Blasphemie ersten Ranges war; und wenn ihm sogar, was meist missglückte, die Flucht durch Sperren, Signalanlagen und Zäune gelang und er sich durchschlug bis zur deutschen Botschaft in Santiago, dann musste er damit rechnen, von dort abgeschoben und in die Hände von Koloniepolizisten übergeben zu werden, die ihn zurückbrachten, auf Nimmerwiedersehen."

„Der Mann, von dem Sie sprachen, der Prophet und Scharlatan, das war der berüchtigte Leiter der Colonia Dignidad, der ehrenwerte Paul Schäfer?"

„Allerdings. Er lebt nicht mehr, aber die Kolonie gibt es, kaum zu glauben, immer noch. Sie heißt jetzt bloß anders, nämlich Villa Baviera. Die Bayern können stolz drauf sein. Übrigens stimmt es nicht, dass Franz-Josef Strauß bei seinem Chile-Aufenthalt auch die Kolonie mit seinem Besuch beglückt hat. Er war in Santiago, aber nicht bei Paul Schäfer."

„Wie war das Ende dieses Schäfer ...?"

„... der kein Pastor seiner Herde war, so sehr er sich selber in dieser Rolle gefiel. Er war ein Schwein, nichts anderes. Nach Pinochets Abgang und der Aufdeckung aller Gräuel des Regimes wurde es natürlich auch eng für Schäfer. Er tauchte ab, flüchtete nach Argentinien, wurde aufgegriffen und nach Santiago gebracht, wo ihm der Prozess gemacht werden sollte. Er starb dort 2010 im Gefängnis."

„Und Sie? Wie ging es Ihnen?"

„Ich bin in der Colonia geboren, die sich in ihrem Namen eine ‚Würde' gab, die mit der Realität nichts, aber auch gar nichts zu tun hatte. Denken Sie nur an die zahllosen Verletzungen der Menschenrechte, die dort gang und gäbe waren, übrigens immer mit religiöser Verbrämung, und an die eklatanten Missachtungen jeder Menschenwürde, dann grinst aus der Selbstbezeichnung dieser Anstalt nur blanker Zynismus hervor."

„Wo Religion ist, da zeigen sich die Engel; doch dicht dabei lauern auch immer die Dämonen", murmelte Beermann.

„Mag sein", sagte Michelsen, „in der Colonia jedenfalls hatten die Dämonen von Anfang an das Heft in der Hand. Gut, ich war ein Kind dieser perversen Vereinigung und begriff natürlich gar nicht, was da im Gange war. Ich wurde einfach hineingespült und schwamm mit. Es gab kein Leben außer dem, das mich dort erwartete und bestimmte. Diktatur ist, wenn einer seine Perversität befriedigt auf Kosten aller anderen. Das war nun dort der Fall, ohne dass ich's überhaupt empfunden hätte. Die moralischen Perversionen bekam ich nur zum Teil mit, die religiösen schluckte ich weg wie Honig. Wenn Schäfer auf seinen Mittagsversammlungen dröhnte, dass Gott die elenden Kommunisten zerschmettern werde wie Tongefäße an der Ziegelmauer und alle Unzucht herausbrennen werde aus den schändlichen Menschenleibern, dann ahnte ich nicht, dass er selber es war, der eine beispiellose Unzucht mit Kindern trieb, und dass er selber einen dumpfen Antikommunismus zum Hauptbestandteil seiner Religion gemacht hatte. Ich hörte nur einen starken Mann, der von einem unerschrockenen Geist erfüllt war, und huldigte ihm wie fast alle in der Kolonie. Er war unser Vorbild und eigentlich auch unser Gott."

„Kritik gab's keine, Aufbrüche zum Widerstand erst recht nicht?"

„Vereinzelt doch. Aber mit entsetzlichen Folgen. Mitten im Lager war ein Krankenhaus errichtet worden, wie überhaupt die Infrastruktur des Ganzen ziemlich perfekt geplant und gestaltet war. In diesem Krankenhaus fand eine medizinisch gute Versorgung statt, für die

Mitglieder der Kolonie, aber auch für chilenische Patienten aus der Umgebung. Das war die Sonnenseite des Hauses. Eine Schattenseite gab's allerdings auch, und dort wurden die Unbotmäßigen, die Nörgler, die Fluchtverdächtigen ‚behandelt', und zwar mit drastischen Methoden. Eine Ärztin arbeitete mit Elektroschocks, die gern an den männlichen und weiblichen Genitalien verabreicht wurden. Dazu experimentierte man mit Drogen und nahm in Kauf, dass die Probanden vor die Hunde gehen konnten. Keiner zählte für sich genommen was, jeder zählte höchstens was in seinem Wert für den Lagergott.

Und damit wäre ich bei mir und bei den Kindern und Jugendlichen in der Kolonie. Wir kamen in den Kinderhort und später in die Schule. Wobei ‚Schule' ein euphemistischer Begriff ist für das, was uns mitgegeben wurde. Wir sollten ja nicht das eigenständige Denken lernen, es sollte uns vielmehr ausgetrieben werden. Wir sollten funktionieren, weiter nichts. Funktionieren und parieren, das waren die Kerntugenden in Schäfers Himmelreich auf Erden. Und dann wurde unter den Kindern und Heranwachsenden unterschieden zwischen einer breiten Masse und der schmalen Elite. Die Elite, das waren die Privilegierten. Das waren Schäfers auserwählte Lieblinge. Die Kinder, die er zu sich holte über Nacht und anderntags mit Geschenken belohnte. Die waren meistenteils noch stolz auf ihre Bevorzugung, sie durften ja die unmittelbare Nähe des Moralapostels erleben. Meist handelte es sich um Kinder aus der Kolonie, manchmal auch um junge Chilenen, die ins Krankenhaus eingeliefert wurden und auf geheimnisvolle Weise von der Bildfläche verschwanden. Selbst habe ich nie zu diesen armen Privilegierten gehört, was mich damals sehr betrübt und mit Selbstzweifeln erfüllt hat. Ich fand jedoch einen anderen Weg, mich ‚würdig' zu erweisen, und damit muss ich auf den Tiefpunkt meiner Erzählung und meiner ganzen persönlichen Geschichte zu sprechen kommen."

Dr. Michelsen atmete hörbar durch, stemmte sich in seinem Gartenstuhl hoch und ging über die Terrasse hinaus auf den Rasen. Dort blieb er stehen und fuhr sich durchs Haar. Dann kehrte er um, nahm wieder Platz, ohne Beermann anzusehen, und sagte: „Ich könnte jetzt einen Schnaps vertragen, Herr Pfarrer."

„Kommt sofort", versprach Beermann, ging in sein Studierzimmer und brachte ein Tablett mit einer Flasche Kirschwasser und zwei Gläschen auf den Tisch.

„Sie scheinen etwas wegspülen zu wollen, was nicht von außen, sondern von innen heraufkommen will", sagte er beiläufig.

„In der Tat", seufzte der Arzt.

Nachdem er den Schnaps hinuntergekippt und ein wenig mit dem leeren Glas in den Händen gespielt hatte, räusperte er sich und sagte: „Als junger Bursche im Konfirmandenalter hatte ich eine schmerzhafte Blinddarmentzündung und musste ins Koloniekrankenhaus. Ich wurde operiert und von einer Ärztin zuvorkommend betreut. Sie schien mich zu mögen. Aber sie war ein Teufel und übernahm chirurgische Folterdienste in Schäfers Auftrag. Als ich entlassen werden sollte, saß sie an meinem Bett und sagte, ich dürfe gern zu Besuch bei ihr vorbeikommen, wann immer ich wolle. Es würde sie freuen. Ich hatte keine Ahnung, dass sie die Absicht hatte, mich zu ihrer sklavischen Kreatur zu machen. Sie bediente meine Eitelkeit mit rosigen Bildern über meine Zukunft. Ich hätte das Zeug, später einmal groß herauszukommen in der Kolonie und vielleicht sogar Schäfers Nachfolge anzutreten. Doch darauf müsse ich vorbereitet werden. Noch sei ich viel zu zart und zu kindlich. Ich müsse wachsen und zunehmen an Kraft. Und Männlichkeit lernen. Keine Scheu haben vor unangenehmen Dingen. Standhaft bleiben, wo's ekelerregend werde und richtig wehtue. Und so weiter.

Ich glaubte der Frau und träumte von meiner großen Bestimmung. Immer wieder führte mich mein Weg ins Krankenhaus, und immer nahm sich die Ärztin Zeit für mich, bereitete einen Kakao, schenkte mir Süßes und fütterte mich mit Schmeicheleien. Fast war es so, als sollte ich den minderjährigen Geliebten für sie spielen.

Eines Tages nahm sie mich bei der Hand und führte mich ins Vorzimmer zum OP. Sie setzte sich auf einen Stuhl mir genau gegenüber, sah mir eindringlich in die Augen, als wollte sie mich hypnotisieren, und sagte: ‚Mein Junge, jetzt treten wir ein in die Vorbereitung zum deutschen Mann. Das ist eine harte Schule, aber auch eine nützliche. Du musst lernen auszuhalten, was nicht leicht auszuhalten ist.

Wo die Schlappschwänze zu heulen anfangen und davonlaufen, ein starker Mann aber die Zähne zusammenbeißt und nicht mal mit den Wimpern zuckt.‘

Im Operationssaal lag ein Mann mit blankem Oberkörper auf dem Behandlungstisch und schaute ängstlich um sich. Ich kannte ihn flüchtig. Die Ärztin setzte ihm eine Spritze und nach kurzer Zeit schien der Mann einzuschlafen. Dann bearbeitete sie ihn mit Elektroschocks und erklärte dazu, der Mann stehe mit dem Satan im Bunde und wolle dem Meister schaden. Deshalb müsse man ihm die Dämonen mit Stromschlägen aus dem sündigen Leib jagen. Der betäubte Körper zuckte und wand sich, und der Mann schrie, obwohl er nicht bei Bewusstsein war. Mir wurde speiübel und ich musste mich übergeben. Es reichte mir gerade noch bis zum Waschbecken. Die Ärztin lachte nur und meinte, das sei die normale erste Reaktion, ich solle mir keine Gedanken machen. Am Anfang der Männlichkeit stehe ein schmerzhafter Abschied von der kindlichen Empfindsamkeit. Ich würde schon lernen, hart zu werden. Beim nächsten Mal würde ich bestimmt nicht mehr mein Inneres nach außen stülpen.

Ich war entschlossen, diese Schule zum Männlichwerden zu durchlaufen und zu bestehen. Nach und nach gewöhnte ich mich an die Misshandlung von Menschen, die angeblich Strafe verdient hatten. Ich wurde ein gelehriger Schüler und stolz auf meine wachsende Unempfindlichkeit, die von der Ärztin mit Lob bedacht wurde.

Dann kam der Tag, an dem ein chilenischer Junge behandelt werde sollte. Ich hatte ihn nie gesehen, aber die Ärztin berichtete mir, er gehöre zum Abschaum der Menschheit. Aus Gnade habe Paul Schäfer ihn aufgenommen bei sich, um ihn zu lehren, dass Gottes Liebe kein Ansehen der Person kennt. Doch der Junge habe sich widerborstig gezeigt und den großen Meister sogar bespuckt und gebissen. Sein hübsches Gesicht sei die Larve eines Satansbratens, habe Schäfer entschieden, darum solle ihm die hübsche Larve ordentlich verdorben werden. Mit glühendem Besteck. Nachher solle ihm die Zunge derart beschnitten werden, dass er nie und nirgends erzählen könne, was er erlebt habe. Zum Lesen und Schreiben sei er ohnehin nicht imstande.

Mir war seltsam zumute, denn der Junge war wirklich ein hübscher Kerl, der gar nicht verängstigt, sondern trotzig zu mir hinüberschaute. Er war so stramm angebunden, dass er sich nicht rühren konnte. Und jetzt folgte das Entsetzlichste: Die Ärztin stellte sich feierlich vor mich hin, legte die Hand auf meine Schulter und erklärte, der Augenblick sei gekommen, in dem ich meine Tauglichkeit für den Eintritt ins Heiligtum deutscher Männlichkeit beweisen dürfe. Die Schnitte mit erhitzter Klinge über das Gesicht des Jungen sollte ich selber durchführen. Ich war tief erschrocken, aber Sie werden es nicht glauben, Herr Pfarrer: ich habe es gemacht. Mir schossen Tränen in die Augen, und ich habe wahnsinnig geheult, aber ich habe es gemacht. Der Junge war nicht narkotisiert worden, er sah mich aus weit aufgerissenen, wütenden Augen an und gab keinen Laut von sich. Er ertrug mit Trotz, was er nicht verhindern konnte. Nachher war er verschwunden, ich habe ihn nie wiedergesehen."

Beermann war erschüttert. Aber er musste auch unwillkürlich an den Mann mit der Maske denken, dem Bettina mehrmals begegnet war. Er wischte die Gedankenverbindung beiseite, weil er sich einfach nicht vorstellen konnte, dass das Folteropfer aus der Colonia nach Jahren den Weg hierher gefunden haben sollte.

„Kann ich mir denken", sagte er stattdessen zu Michelsen, „dass diese üble Geschichte Ihnen anhängt wie ein Geschwür, das nicht heilen will."

Der Arzt saß vornübergebeugt und verbarg das Gesicht in den Händen: „Natürlich habe ich später tausend Versuche unternommen zu verdrängen, was ich damals angestellt hatte. Über gewisse Zeitstrecken hin ist mir das sogar gelungen. Aber plötzlich brach das Ganze wieder auf, tatsächlich wie ein inneres Geschwür, das manchmal unauffällig ruht und auf einmal aufplatzt und seinen Eiter von sich gibt."

„Und erzählt haben Sie bisher niemandem davon?"

„Nein, keinem."

„Auch nicht Ihrer Frau?"

„Ich habe keine Frau."

„Haben Sie nie daran gedacht, eine Therapie anzufangen?"

„Ein Arzt geht ungern zum Arzt, erst recht nicht zum Psychiater oder Psychotherapeuten. Außerdem schämte ich mich viel zu sehr bei der Erinnerung an das Vergangene, sodass es für mich unvorstellbar war, es irgendjemandem zu offenbaren."

„Und jetzt sitzen Sie hier bei einem Pfarrer, der auch nicht weiß, was er Ihnen raten soll."

„Aber Sie haben mir zugehört, wie ich ... Sagen Sie mal", unterbrach sich der Mediziner, „haben Sie einen Hund?"

„Einen Hund, nein, wieso?"

„Mir war vorhin schon einmal und jetzt wieder, als bewege sich etwas rechts hinten bei den Sträuchern."

Beermann erhob sich und spähte in seinen Garten.

„Mir ist nichts aufgefallen. Natürlich könnte es eine Katze gewesen sein, die streunen mit Wonne herum in den Gärten. Sogar ein Fuchs wurde kürzlich gesichtet."

„Ist ja auch egal", winkte Michelsen ab, „mit angespannten Nerven sieht und hört man manchmal Gespenster, die sich bei nüchternem Hinsehen in Luft auflösen."

Einen Tag später war Dr. Michelsen tot.

10 Hauptkommissar Parler untersuchte die Stelle, an der Bauarbeiter bei Tagesanbruch eine Leiche entdeckt hatten. Sie lag unmittelbar am Hauptbahnhof auf dem Grund der tief ausgeschachteten Baugrube, in der das umstrittene Bahnprojekt auch während der Nachtstunden vorangetrieben wurde. Teile der weitläufigen Ausschachtung, in denen Nachtschichten durchgeführt wurden, waren mit Scheinwerfern ausgeleuchtet, andere lagen im Schatten.

Der Körper des Toten wies schwere Kopfverletzungen auf, und Parler war sicher, dass sie von einem Sturz aus beträchtlicher Höhe herrührten. Oberhalb des Fundortes, wo eine schmale Fußgängerpassage am Rand der Grube entlangführte, war die Sicherheitsabschrankung beschädigt. Hatte der Mann diese Abgrenzung durchbrochen und war kopfüber in die Tiefe gestürzt, dann ergaben sich drei Möglichkeiten: Entweder hatte er sich absichtlich zu Tode gestürzt; dann lag ein Fall von Suizid vor. Oder er war versehentlich über den Rand der Baugrube hinausgeraten, weil die Umzäunung, die an dieser Stelle des Fußwegs in einer Kurve verlief, schadhaft war und der Mann in großer Eile oder aus purer Unaufmerksamkeit die Wegbiegung verpasst hatte; dann war's ein Unfall. Oder ein Unbekannter hatte nachgeholfen. Hatte den Mann vielleicht verfolgt und in den Tod getrieben. Sei es, dass er ihm dicht auf den Fersen war und der in Panik Fliehende über den Rand der Baugrube hinausgeriet, oder dass er gestoßen wurde; dann war es Mord.

Parler registrierte, dass trotz seiner Untersuchungen die schweren Maschinen auf der Baustelle ihre Arbeit fortsetzten. Das Großprojekt stand unter massivem Zeitdruck und konnte sich keine Pause wegen einer zufällig aufgefundenen Leiche leisten. Business as usual.

Der Jacke des Toten entnahm Parler eine Brieftasche mit Geldscheinen, Plastikkarten, verschiedenen Fotos und einem Ausweis. Der Ausweis war ausgestellt auf den Namen Dr. Eberhard Michelsen.

Der Hauptkommissar wies seine Mitarbeiter zur gewöhnlichen Spurensicherung an und regelte den Abtransport des Toten. Dessen

Kennkarte wog er in seiner Hand. Dr. Michelsen. Es war ihm, als sei ihm der Name schon irgendwo begegnet. Vielleicht in Verbindung mit einem städtischen Krankenhaus. –

Es bedurfte keiner umständlichen Recherchen, um herauszufinden, wer dieser Dr. Michelsen war. Parler suchte dessen Wohnung im Süden der Stadt auf, jedoch ohne Ergebnis. Er betrat das Krankenhaus, in dem Michelsen Dienst getan hatte, und drang durch bis ins Vorzimmer des Chefarztes. Die Sekretärin reagierte nervös, als ihr der Ausweis des Kriminalbeamten unter die Nase gehalten wurde, und bedauerte, den Besucher nicht umgehend mit dem Chefarzt zusammenbringen zu können. Der befinde sich gerade im OP und könne unmöglich von dort weggerufen werden. Parler sagte, er bitte um unverzüglichen Rückruf, und gab der Sekretärin die Nummer seines Handys. Ob sie Dr. Michelsen gekannt habe?

Die Sekretärin schaute ihn verwirrt an und stammelte: „Ja, wie meinen Sie das? Ist was – passiert?“

„Dr. Michelsen ist tot“, sagte Parler und beobachtete interessiert, wie die Sekretärin sich verfärbte.

„Tot?“, hauchte sie entsetzt, „wie – tot?“

„Das wissen wir noch nicht. Vielleicht Unfall, vielleicht Mord.“

„Mord?“, fragte sie fassungslos.

„Gibt es Kollegen oder Mitarbeiter hier in der Klinik, die nicht gut auf Dr. Michelsen zu sprechen waren?“, hakte der Kommissar nach.

Sie schüttelte den Kopf, langsam wie in Zeitlupe, und starrte ihn an. Das Telefon summte, aber sie nahm es nicht wahr.

„Nicht gut zu sprechen“, wiederholte sie zögernd, „was soll ich sagen? Jeder hat Menschen in seiner Umgebung, die nicht unbedingt seine Freunde sind.“

„Die ihm vielleicht auch etwas anhängen möchten? Oder sogar was antun?“

„Lieber Gott, nein, das gibt es nicht bei uns, Herr Inspektor.“

„Hauptkommissar“, verbesserte Parler.

„Natürlich gibt’s dummes Gerede, aber das finden Sie überall, wo Menschen eng miteinander zu tun haben.“

„Gewiss. – Und Sie selber, wie fanden Sie diesen Dr. Michelsen?"

„Attraktiv von seiner äußeren Erscheinung her. Aber sonst eher blass. Sehr zurückhaltend jedenfalls. Kein überflüssiges oder sogar persönliches Wort, das über seine Lippen gekommen wäre. Er tat seinen Dienst, war pünktlich und genau, aber was ihn außerhalb des Krankenhauses beschäftigte, wusste eigentlich niemand. Der Chef nannte ihn manchmal den ‚Musterschüler', der kein Leben hat über den Beruf hinaus. Mein Gott, und jetzt ist er tot. Der arme Kerl." –

Über verschiedene Kontakte im Krankenhaus war Parler rasch darüber im Bilde, dass Dr. Michelsen am Tag vor seinem Tod einen Besuch bei Pfarrer Beermann geplant hatte. Den kannte er nun aus verschiedenen Begegnungen und gemeinsamen Nachforschungen, er setzte sich umgehend mit ihm in Verbindung und vereinbarte einen Gesprächstermin im Pfarramt. Beermann erzählte ihm bereitwillig und detailgetreu, was er von dem Arzt erfahren hatte. Einer Schweigepflicht sah er sich nach dessen Tod enthoben. Er berichtete dem Hauptkommissar außerdem von den merkwürdigen Begegnungen, die Bettina mit dem Maskenmann gehabt hatte, und auch vom Besuch des Journalisten Schreiber, der sich für ein Taufregister aus den dreißiger Jahren interessierte und mit dem Maskenmann anscheinend auf vertrautem Fuß stand.

Parler kaute nachdenklich auf den Lippen und machte sich Notizen.

„Glauben Sie an einen Unfall oder Suizid?", fragte er.

„Nein", erwiderte Beermann.

„Wenn es Mord war", sagte Parler, „und ich denke auch, dass es einer war, dann müssen wir unbedingt diesen geheimnisvollen Maskenmann zu fassen kriegen. Notfalls müssen wir versuchen, ihn zu ködern – am besten mithilfe Ihrer Frau, der er nachläuft."

Beermann wehrte entschieden ab, mit beiden Händen. „Ich kann mir nicht denken", sagte er, „dass Bettina einverstanden und bereit wäre, sich für ein so unappetitliches Spiel einspannen zu lassen."

11 Bettina war entrüstet. Sie nannte das Ansinnen, den menschlichen Köder in Parlers Fahndungsfalle zu geben, extrem sittenwidrig und widerlich. Sie habe den Mann bisher für einen ordentlichen, wenn auch nicht übertrieben begabten Polizeibeamten gehalten und wundere sich jetzt, dass er eine so miese Ratte sei.

Alle Bemühungen Beermanns, sie zu beruhigen und Parler zu entlasten, schlugen fehl. Sie fachten ihren Widerspruch nur weiter an.

Bettina beharrte darauf, dass es ein Riesenfehler sei, dem harmlosen Maskenmann einen Mord anzuhängen. Er sei brav wie ein Klosterzögling und könne keiner Fliege was zuleide tun.

Einer Fliege vielleicht nicht, warf Beermann ein, aber seinem Peiniger, der ihm das Gesicht zerschnitten und das ganze Leben verpfuscht habe.

Bettina ließ sich nicht beeindrucken. Man müsse doch bloß für eine kurze Zeit den Versuch unternehmen, sich in diesen Unbekannten hineinzuversetzen, sagte sie. In einen Mann, der sein Gesicht verstecken müsse, weil es zu entsetzlich sei und weil er's nicht ertragen könne, wie die Leute vor ihm zurückschreckten und sich abwendeten. Er sei sicher einsamer, als man sich ausmalen könne. Ein elend Geschundener, und ganz ohne eigene Schuld.

„Mach nicht gleich einen Engel aus ihm", knurrte Beermann.

„Eher einen Engel als einen Teufel", widersprach Bettina. „Denkst du, der reißt ein weinendes Kind an sich, das von seiner Mutter misshandelt wird, weil er was Teuflisches im Sinn hat? Blödsinn! Er erträgt es nicht, dass ein Kind unschuldig leiden muss, das ist es. Er setzt sich da nach Kräften zur Wehr, wo er früher bei seiner eigenen Peinigung zu einer Gegenwehr nicht imstande war."

„Das mag ja sein, ich will's gar nicht bestreiten. Und trotzdem könnte er die Absicht verfolgt haben, den Mann zu strafen, der ihn sinnlos verunstaltet hat."

„Er ist kein Rächer. Wahrscheinlich ist ihm überhaupt fremd, was Rache ist."

„Ach ja, und woher willst du das wissen?"

„Ich weiß es nicht. Ich fühle es. Und ich fühle es, weil ich seine Augen gesehen habe. Sie waren voll von Traurigkeit. Nur von Traurigkeit und nicht von Wut oder Vergeltungssucht."

„Stimmungen wechseln bekanntlich. Er könnte mal von tiefer Trauer, dann wieder von glühendem Zorn erfasst sein. Irgendwas trieb und treibt ihn jedenfalls. Was will er in unserem Garten? Michelsen meinte, Bewegungen hinter den Büschen am Gartenrand beobachtet zu haben, und erkundigte sich, ob wir einen Hund hätten. Hat sich der Maskenmann dort herumgetrieben, als wir zum Gespräch auf der Terrasse saßen und Michelsen auspackte? Hat er sein Schuldbekenntnis mit angehört und war deshalb sicher, endlich den Mann gefunden zu haben, nach dem er suchte? Kurz darauf war Michelsen tot. Purer Zufall?"

„Selbst wenn er im Garten war, muss das nicht wegen Dr. Michelsen gewesen sein."

Beermann lächelte hintergründig, was Bettina erneut auf die Palme brachte.

„Dein überlegenes Grinsen kannst du dir ruhig verkneifen", zischte sie, „es ist kein Ausweis meiner Eitelkeit, dass ich wahrnehme, wie er mir nachstellt und mir buchstäblich Blumen vor die Füße streut. Kannst du dir gar nicht ausmalen, dass es Menschen gibt, die so viel Zurücksetzung und Verachtung erfahren haben, dass sie sich wenigstens nach kleinen, unscheinbaren Zeichen der Zuneigung sehnen und absurde Dinge veranstalten, wenn sie meinen, eines entdeckt zu haben? Ich hab ja nichts getan, was seinen Hang zu mir erklären könnte. Gut, ich habe ihn angesehen auf dem Schlossplatz und hab das Kind bereitwillig entgegengenommen, das er in gute Obhut bringen wollte. Das war alles. Irgendwas bei dieser kurzen Begegnung muss in ihm eine Reaktion ausgelöst haben, einen überraschenden Kick für ihn selber wahrscheinlich, der ihn mit einem Schlag auf mich fixiert hat. Denk bloß nicht, ich wäre stolz darauf und könnte mich geschmeichelt fühlen. Es belastet mich. Ja, es verunsichert und belastet mich, weil ich das, was der arme Kerl von mir erwartet, ganz bestimmt nicht erfüllen kann. Ich werde ihn nur enttäuschen, noch mal eine Enttäuschung obendrauf auf den Berg von Enttäuschungen, die er hinter sich hat und über die er nicht hinwegsieht. Bloß diese eine Enttäuschung, mein Lieber, dass ich mich hinterlistig daran beteilige, ihn zu jagen und irgendwo einzufangen, die werde ich ihm nicht bereiten, auf gar keinen Fall!"

Bettina zupfte ein Tuch aus ihrer Rocktasche, fuhr sich damit über die Augen und putzte sich die Nase. Beermann sah ihr hilflos zu und traute sich nicht, sie einfach in den Arm zu nehmen. „Entschuldige", sagte er leise, „ich bin ein Idiot. Wahrscheinlich liegst du richtig, und ich trotte bloß hinter Parler her, der seinem kalten Kriminalisteninstinkt folgt."

Bettina wandte sich ab und ging. Offenbar hatte sie keine Neigung, das Gespräch fortzusetzen. An der Tür drehte sie sich noch einmal um und sagte: „Wer kriminell ist, der muss gesucht und gefunden werden, dagegen habe ich nichts. Aber zuerst sollte man prüfen, wer das Ziel ist, auf das man sich einschießt. Sonst hetzt man den Falschen, und der Richtige bleibt verschont. Ich würde dir und deinem Polizeihauptmann dringend raten, mal diesen seltsamen Journalisten genauer unter die Lupe zu nehmen, der aus Südamerika vorbeischneite und unseren armen Teufel offenbar gut kennt. Ich nehme nämlich nicht an, dass der sprachlose Maskenmann den Trip hierher ganz auf eigene Faust unternommen hat. Aber dass er in Begleitung dieses angeblichen Herrn Schreiber hergekommen ist, sei es nun freiwillig oder gezwungenermaßen, das liegt ziemlich nahe." –

Beermann eröffnete dem Hauptkommissar, dass Bettina ganz und gar nicht gewillt sei, den Lockvogel zu spielen. Sie halte den Maskenmann für unschuldig. Mit guten Gründen übrigens.

Er halte ihn für schuldig, ebenfalls mit guten Gründen, konterte Parler. Und wenn die Frau Pfarrer partout nicht wolle, müsse er eben andere Maßnahmen ergreifen. Zum Beispiel einen Mitarbeiter zur Beobachtung abstellen.

Es kam ein junger Mann, der sich seine kriminalistischen Meriten erst noch verdienen wollte und mit wichtiger Miene herumstolzierte. Das erledigte er derart auffällig, dass selbst ein Blinder bequem herausgefunden hätte, wozu er unentwegt um Kirche und Pfarrhaus seine Runden drehte.

Einer launigen Anwandlung folgend trat Beermann vor die Tür, um den jungen Polizeibeamten anzusprechen. Der besorgte seinen Dienst natürlich in Zivil, trug eine gepolsterte Steppjacke, die mehr Oberkörper zur Schau stelle als wahrscheinlich vorhanden war, und verbarg seine unermüdlich forschenden Blicke listig hinter den Spiegelgläsern einer Sonnenbrille.

Ob er ihm irgendwie behilflich sein könne, fragte Beermann unschuldig. Vielleicht mit einer Tasse Tee zwischendurch?

Danke, sagte der junge Mann, ihm fehle nichts.

Ob es ihm nicht langweilig werde, immerzu um die Kirche und über den Pfarrhof zu spazieren?

Er spaziere nicht, wurde Beermann belehrt, er sei im Dienst.

Ah so, im Dienst, meinte Beermann. Mit Hauptkommissar Parler sei er übrigens flüchtig bekannt.

Das wisse er, bestätigte der Polizist.

Dann sei er offensichtlich abgeordnet vom Kommissar, die Gegend um Kirche und Pfarrhaus herum zu observieren.

Gewissermaßen, war die knappe Antwort.

Nur, da müsse er ihn leider enttäuschen, sagte Beermann bedauernd, zu observieren gebe es hier eigentlich gar nichts. Ein paar Vögel, ein paar Katzen, hin und wieder einen Besucher des Pfarramts, mal eine Handvoll spielender Kinder, sonst nichts. Ein Raum der Abgeschiedenheit mitten in der Großstadt. Absolut ruhig, wie bei Kirchens eben. Wonach der junge Sherlock Holmes denn genau Ausschau halte? Vielleicht könne er ihm mit diesem oder jenem Hinweis ein wenig unter die Arme greifen.

Es gehe um eine Bestie, verkündete der Polizist, um einen heimtückischen Mörder, mehr Tier als Mensch, der sich ganz in Schwarz gekleidet herumtreibe.

So, staunte Beermann, mehr Tier als Mensch und ganz in Schwarz. Also eine Art Gorilla im feinen Zwirn?

Der Polizist schien für Ironie nicht empfänglich zu sein und nahm Anlauf, den Pfarrer zu trösten. Er brauche sich keine Sorgen zu machen. Falls der Gesuchte auftauche, werde er sofort verhaftet und in Gewahrsam genommen.

Beermann nickte und rieb sich in scheinbarer Nachdenklichkeit das Kinn.

„Wissen Sie, junger Mann", sagte er endlich, „in gut einer Stunde erwarte ich den Herrn Dekan. Der wird am Kirchengebäude vorbei und hier über den Hof laufen. Das ist auch ein schwarzer Mann! Vor allem schwarz. Nicht dass Sie den verwechseln und auf der Stelle verhaften! Das ergäbe sonst peinliche Komplikationen, für Sie, aber genauso für mich. Weil der Herr Dekan mir glatt zutrauen würde, dass ich bei seiner Festnahme irgendwie die Finger im Spiel hätte."

Der Kriminalbeamte konnte tatsächlich lächeln: „Verwechslung unmöglich. Denn ein Dekan trägt doch keine Maske."

„So, denken Sie?", raunte Beermann und drehte ab. –

Eine Stunde später erkundigte Beermann sich besorgt beim eintretenden Dekan, ob er auf dem Weg hierher nicht beinahe verhaftet worden sei. Der Dekan lachte gezwungen und sagte: „Herr Beermann, Sie mit Ihren Scherzen!"

„Nein, ganz im Ernst", beteuerte Beermann, „da draußen schleicht ein gewiefter Kripomann um die Häuser und ist darauf aus, alles zu verhaften, was ihm in die Quere kommt und schwarz aussieht."

„Ganz so arg wird er's wohl nicht treiben", meinte der Dekan und ließ sich von Beermann in den Besuchersessel bitten. „Doch dieser schwarz gekleidete Mensch mit Maske, auf den Sie anspielen, ist immerhin der Grund meines Besuchs. Jedenfalls indirekt."

„Ich bin gespannt", sagte Beermann und nahm Platz im zweiten Sessel.

„Na ja", begann der Dekan, „vom rätselhaften Tod des Internisten hat die Zeitung ausführlich berichtet. Von dem Mann selber und von den Umständen seines Todes. Warum ausgerechnet in der Baugrube des Bahnprojekts und so weiter, das geht die Spezialisten von der Polizei an, Gott sei Dank nicht mich."

„Was geht Sie an?“, fragte Beermann.

„Zum Beispiel, dass Sie mit drinhängen. Und dass die Zeitung sich genüsslich dabei aufhält und süffisant vom Privatdetektiv Beermann dahersudelt.“

„Glauben Sie mir, Herr Dekan“, sagte Beermann, alle Demut versammelnd, zu der er imstande war, „mir selber wäre es tausendmal lieber, die Zeitung würde sich über meine ausgezeichneten Predigten verbreiten statt über meine zweifelhafte Kriminalistik.“

„Ich bin nicht gekommen, um Sie zu tadeln“, lenkte der Dekan ein. „Schließlich konnten Sie nichts dafür, dass Dr. Michelsen Sie ins Vertrauen zog und Ihnen seine schwierige Vergangenheit beichtete. Aber mussten Sie der Presse haarklein erzählen, wie die Verhältnisse in der Colonia Dignidad aussahen und von welchem Geist dieses religiöse KZ durchdrungen war?“

„Ich habe nichts dergleichen an die Presse weitergegeben“, sagte Beermann einigermaßen scharf.

Der Dekan war verblüfft: „Ja, und wie ...?“

„Die Reporter werden sich an Hauptkommissar Parler gehalten haben. Außerdem gibt's ein Internet. Nichts einfacher, als ein paar Seiten anzuklicken, und Sie erfahren allerlei über die Geschichte dieser absurden Vereinigung. Oder durch zugängliche Untersuchungen und Dokumentationen von Amnesty International. Außerdem kann die Presse leicht sonstige Informationsquellen anzapfen.“

„Ja, gewiss, natürlich“, gab der Dekan zu. „Das ändert freilich nichts daran, dass ich mit Ihnen reden muss. Denn die Zeitungsberichte kamen ja nicht zuletzt auf unsere Schwestern und Brüder in den sogenannten Freikirchen zu sprechen, und zwar auf eine ziemlich hämische Tour. Die wurden doch alle in einen Topf geworfen und halb zu hinterwäldlerischen Fanatikern, halb zu aggressiven Idioten gestempelt. Mit der Gesamttendenz: man dürfe sich nicht wundern, wenn aus derartigem Müll abartige Früchtchen hervorwüchsen.“

„Hat mich auch geärgert“, bekannte Beermann.

„Wenn es schon uns stört, Herr Beermann, was meinen Sie, wie es erst den direkt Betroffenen sauer aufstößt? Ich habe am gestrigen Nachmittag nicht weniger als drei Telefonate annehmen müssen, alle drei von führenden Vertretern der Freikirchen, denen die Galle überlief und die von mir wissen wollten, ob wir von der Landeskirche diese unerhörte Verunglimpfung ihrer Gemeinschaften eigentlich kommentarlos hinnehmen wollten."

„Was haben Sie geantwortet?"

„Na, erst mal hab ich kläglich herumgedruckst und dann auf die Presse verwiesen, die ja nun ihre eigene Berichterstattung zu verantworten habe. Das haben sie zugegeben, ohne sich deshalb zu beruhigen. Nein, nein, hieß es, die Geschosse seien ja nicht gegen Christen allgemein und die Kirche überhaupt gerichtet worden, sondern gezielt und ausdrücklich gegen ihre Gemeinschaften. Da erwarte man nun einen Einspruch und Richtigstellungen seitens der Landeskirche."

„Kann ich sogar nachvollziehen", sagte Beermann. „Aber dass die entstandenen Verletzungen rasch zu kurieren sind, bezweifle ich. Und im Übrigen: Es stimmt, was man in der Zeitung lesen konnte, dass nämlich dieser undurchsichtige Schäfer ein Kind der freikirchlichen Bewegung war und selber im Sinn hatte, mit seinem Projekt den Erfolg dieser Richtung zu mehren. Diejenigen, die ihm nachliefen und bis nach Chile ins selbstgewählte Narrenhaus folgten, waren zunächst einmal lauter fromme, unbescholtene Leute, die kein Schurkenstück, sondern ein Glanzstück aufführen wollten. Sicher hat keiner von ihnen geahnt, wohin der Karren sich verirren sollte, und später hat kaum einer den Mut aufgebracht, von diesem Karren abzuspringen, der immer steiler und immer rasanter in den Abgrund schoss."

„Was nicht dazu berechtigt, wegen dieser üblen Geschichte die Freikirchler pauschal an den Pranger zu stellen."

„Natürlich nicht, und dafür gibt's sogar beste Argumente. Denn Schäfer und Konsorten haben zwar den religiösen Geist der Freikirchen aufgenommen in ihrer frühen Zeit. Sie haben ihn dann aber auch gründlich ausgeschieden. Wer Augen und Ohren hatte zu sehen und zu hören, dem musste bald klar werden, dass Schäfer nicht eine kirchliche Gemeinschaft, sondern seine Gemeinschaft, und nicht eine christliche Religion, sondern seine eigene Religion pflegen wollte. Der typische Weg des Apostaten. Nicht mal die Bibel sollten die Leute in der Kolonie lesen. Ein Kirchengebäude gab es nicht, Gottesdienste gab es nicht, sondern nur diese mittäglichen Versammlungen, in denen Schäfer stundenlang absonderte, was er persönlich für Religion und für Moral hielt. Sakramente – nichts. Sogar Trauungen waren diesem religiösen Despoten zuwider, weil sie seiner Ansicht nach der widerlichen Fleischeslust bloß ein harmloses Mäntelchen umhängten. Also, Religion war das schon, was der Herr Schäfer im fernen Chile vollends ausgeheckt hatte, aber eine Afterreligion war's, mit dem alten Luther zu reden, ein Mummenschanz und Teufelspakt, der mit dem Glauben und mit der Frömmigkeit der Freikirchler gar nichts mehr gemeinsam hatte."

„Genau", sagte der Dekan. „Und eben dies, lieber Herr Beermann, sollten wir als unseren Kommentar zu den Zeitungsberichten schleunigst an die Öffentlichkeit bringen. Seien Sie doch bitte so freundlich und schreiben Sie kurz und griffig zusammen, was Sie gerade entwickelt haben. Wenn Sie mir's heute Abend noch zumailen können, sorge ich dafür, dass es morgen bereits vorab den freikirchlichen Freunden auf den Tisch flattert und spätestens übermorgen in der hiesigen Presse erscheint."

Höchst zufrieden mit seinem so günstig endenden Besuch empfahl sich der Dekan und eilte zu einem interreligiösen Chorkonzert, bei dem er für die Begrüßung vorgesehen war.

Man findet immer wieder neu bestätigt, dachte Beermann und schaute ihm hinterher, welche Eigenschaften es sind, die einen für gehobene Leitungsämter prädestinieren.

12 ‚Sanfte Diakonie' nannte Bettina, was sie einmal in der Woche praktizierte und wozu sie sich eine kleine Gruppe von geeigneten Frauen zusammengesucht hatte. Sie machten Hausbesuche bei alten und kranken Menschen und in Pflegeeinrichtungen des Kirchenbezirks. Regelmäßig trafen sie sich, um den Ablauf ihrer Besuche und den Gang der Gespräche zu analysieren, Fehler oder ungeschickte Reaktionen zu erkennen und für die Zukunft nach Möglichkeit abzustellen. Der einzige Laden im Großbetrieb Kirche, sagte Bettina, bei dem gegenseitige Kritik nicht bloß ertragen, sondern ausdrücklich gewünscht wird.

Sie selber brach wiederholt zum ‚Haus Sonnenschein' in der Nordstadt auf, weil Pflegebedürftige aus der Gemeinde vorzugsweise dort unterkamen. Es war ein seriöses Haus mitten in einer kleinen Parkanlage, mit hohen, viel Licht einlassenden Fenstern und einer Dachterrasse mit Sitzgelegenheiten und Sonnenschirmen. Im Parterre befanden sich Speisesaal und Küche sowie mehrere Aufenthaltsräume mit Zeitschriften und Büchern oder einem Fernsehgerät. Die Heimleitung bemühte sich, zur Abwechslung im Pflegealltag ein bescheidenes Unterhaltungsprogramm auf die Beine zu stellen, und hatte auch Bettina schon mehrfach gebeten, bei Gelegenheit etwas Besinnliches oder auch Heiteres beizusteuern. Die hatte sich bisher hartnäckig geweigert und argumentiert, fürs Besinnliche sei ihr Mann zuständig und was sie selber als heiter empfinde, tauge wahrscheinlich nicht fürs Pflegeheim.

Jetzt lief sie an einem freundlichen Donnerstagnachmittag den gewundenen Fußweg zum Heim hinauf. Sie wollte eine ehemalige Gymnasiallehrerin besuchen, die ihre Wohnung unweit vom Pfarrhaus gehabt hatte, sich im hohen Alter aber nicht mehr allein versorgen konnte. Es gibt kein Körperteil bei mir, der nicht längst ausgedient hätte, sagte die Pädagogin einmal, bloß der Verstand, den ich immer am meisten beschäftigt habe, der funktioniert noch.

Als Bettina dem Eingangsportal näherkam, sah sie davor einen

Polizeiwagen stehen. Ambulanzen halten dort ständig, dachte sie, Streifenwagen eigentlich nie. Sie spielte gerade durch, welcher Demenzkranke wohl einen Satz silberner Teelöffel in seinen Taschen versenkt haben mochte, als die Eingangstür aufging und Parler vor ihr stand.

„Ach nein – Sie!“, entfuhr es ihr, „ich hätte gedacht, hier allen möglichen Zeitgenossen zu begegnen, bloß nicht einem Hauptkommissar. Sie werden doch nicht Ihre Einlieferung beantragt haben ...“

Das war giftig, und Bettina merkte es im selben Augenblick, in dem sie es aussprach. Offenbar war ihr Zorn über Parlers Verwendungspläne für sie noch nicht verraucht. „Entschuldigung“, schob sie nach, „blöde Witze sollte man sich besser verkneifen.“

Parler schien nicht beleidigt, eher belustigt. „Dass die Frau Pfarrer eine ziemlich spitze Zunge hat, ist mir ja nicht unbekannt“, sagte er, deutete eine knappe Verbeugung an und entfernte sich zu seinem Dienstwagen. Ein Gespräch mit ihr anzufangen, dazu hatte er anscheinend keine Lust. Oder er vermied es vorsichtshalber.

Bettina betrat das Foyer und witterte auf Anhieb die veränderte Atmosphäre. Laut und hektisch ging's in der Empfangshalle niemals zu, aber jetzt herrschte eine bleierne Stille. Man ging nicht nur leise wie auf Samtpfoten, man ging überhaupt nicht. Wo sonst der eine oder die andere im Rollstuhl herumkutschierte oder Wissbegierige die Dame am Empfang belagerten, tat sich gar nichts. Als hätte Parler das ganze Gebäude räumen lassen. Bettina klopfte an die Tür des Hausmeisterzimmers und traf niemanden an. Nicht einmal die meditative Hintergrundmusik, die aus versteckten Boxen abgenutzte Sinne streicheln sollte, war eingeschaltet. Merkwürdig. Bettina zog die Treppe dem Aufzug vor und stieg zur zweiten Etage hinauf, wo sich das Zimmer von Frau Eisenmann befand. Auf dem Gang entdeckte sie eine Schwester, die sich jedoch flink wie ein Wiesel hinter der nächsten Tür verkroch. Als wäre sie auf der Flucht, dachte Bettina.

Das Zimmer neben Frau Eisenmann war versiegelt. Breite, rotweiße Klebebänder, die mehrfach diagonal am Türrahmen befestigt waren, verboten den Zutritt. Das macht man nicht, wenn ein Heimbewohner auf natürliche Weise gestorben ist, überlegte Bettina. Also deswegen war Parler im Haus. Und deswegen ließ sich auch keiner blicken, der nicht unbedingt aus seiner Höhle herausmusste.

Frau Eisenmann lag unter der Bettdecke, der man kaum den ausgemergelten Leib darunter ansah. Die dünnen, weißen Haare waren gescheitelt und wirkten wie an den Schläfen verklebt. Knochige Hände mit stark hervortretenden Adern ruhten nebeneinander auf der Decke, als ruhten sie aus von lebenslanger Beschäftigung. Nur die Augen waren hellwach.

„Schön, dass Sie mal wieder vorbeischauen", sagte die alte Dame und deutete einladend auf einen gepolsterten Stuhl. Bettina zog ihn ans Bett und ließ sich darauf nieder.

„Haben Sie schon mitgekriegt, was bei uns los ist?", fragte Frau Eisenmann. „Kaum zu glauben! Da sind wir ein ausgesprochener Hort der Langeweile und der Schläfrigkeit, und auf einmal geht's zu wie im finstersten Kriminalfilm."

„Ich habe festgestellt, dass Ihr Nachbarzimmer versiegelt wurde", sagte Bettina.

„Ja, gewiss", bestätigte die alte Lehrerin. „Im Grunde ist es grotesk. Wir leben hier und warten aufs Sterben. Und manche geben offen zu, dass sie lieber sterben als leben möchten. Alle kennen die Diskussion um aktive Sterbehilfe, die sich hinzieht und keinen Schritt vorankommt. Dann taucht unerwartet ein Unbekannter auf und besorgt die Sterbehilfe auf eigene Faust." Sie kicherte verhalten. „Stellen Sie sich vor, Frau Beermann, dieser unbekannte Freund Hein könnte am Ende die Zimmer verwechselt haben und wollte in Wirklichkeit zu mir! Wäre doch gut denkbar bei diesem Haufen gleicher Räume den ganzen Flur entlang."

„Dann haben Sie ja Glück gehabt, Frau Eisenmann."

„Glück?", rief sie lauter, als man bei ihrer sonst eher schwachen Stimme erwartet hätte. „Es mag ja ein Glück sein, am Leben zu bleiben, wenn man jung ist und von der Zukunft träumen kann. Es ist kein Glück, wenn man längst über die Zeit hinaus ist und jede Nacht mit dem Tod im Streit liegt, weil er einen so böse vernachlässigt und warten lässt."

„Wollte Ihr Nachbar denn den Tod?"

„Das weiß ich nicht. Einen gewaltsamen vermutlich nicht. Nachts im Schlaf überrascht und mit einem Kissen erstickt zu werden ist sicher nicht das, wonach man sich sehnt."

Die alte Lehrerin hatte keine genaue Kenntnis vom Ablauf der Ereignisse in der vergangenen Nacht. Sie hatte geschlafen und nichts gemerkt. Was sie wusste, war ihr vom Serviermädchen beim Mittagessen zugetragen worden. Ihr war es gelungen, das Mädchen eine Weile festzuhalten, indem sie vorgab, aus Schwäche die Mahlzeit nicht allein zu sich nehmen zu können.

Demnach war jemand in der Dunkelheit die hintere Fassade hochgeklettert bis zu den Balkonen des zweiten Stockwerks. Dabei hatte er anscheinend nicht einmal die Feuerleiter benutzt. Vom Balkon des Nachbarzimmers hatte er das gekippte Fenster ausgehebelt, was wohl keiner besonderen Kraftanstrengung bedurfte. Dann war er eingestiegen und hatte den schlafenden Heimbewohner mit einem Kissen erstickt. Zu einer nennenswerten Gegenwehr des Überfallenen dürfte es bei dessen körperlicher Verfassung kaum gekommen sein. Der Unbekannte war entwichen, wie er aufgetaucht war, und keiner hatte etwas Verdächtiges gehört oder gesehen. Allem Anschein nach war im Zimmer nichts abhandengekommen. Sogar die Brieftasche, die der Alte trotz wiederholter Ermahnungen des Hauspersonals auf seinem Nachttisch abzulegen pflegte, fand sich am Morgen nach der Tat unberührt an ihrem Platz. Der ganze Vorgang war vollkommen rätselhaft, und so gewiss es war, dass ein brutaler Mord stattgefunden hatte, so ungewiss blieben die Beweggründe dazu.

„Es ist eine traurige Geschichte, und ich kann mir keinen Reim darauf machen", sagte Frau Eisenmann. „Wer bringt kaltblütig einen Menschen um, dessen Tage sowieso gezählt sind? Was treibt ihn dazu? – Mein armer Nachbar dürfte es auch nicht gewusst haben, und wenn es ihm prophezeit worden wäre, hätte er sich bestimmt ungläubig die Augen gerieben."

„Sie kannten den Bewohner im Nachbarzimmer?"

„Wenig. Herr Blankenburg war schon im Heim, als ich einzog. Aber er war nicht gesellig. Am liebsten verschanzte er sich in seinem Zimmer. Er legte überhaupt keinen Wert auf Besuch."

Bei der Erwähnung des Namens war Bettina wie elektrisiert. Blankenburg, das kam ihr bekannt vor.

„Vorname?“, fragte sie unvermittelt.

„Wie bitte?“

„Ach, entschuldigen Sie“, sagte Bettina, „mir ist gerade etwas anderes durch den Kopf gegangen. Sie sagten, Ihr verstorbener Heimnachbar habe Blankenburg geheißen. Den Vornamen, kennen Sie den auch?“

„Natürlich. Robert. Robert Blankenburg. Nun ist es mit seinem Namen wie mit seinem Leben: alles Schall und Rauch.“ –

Bettina verabschiedete sich schnell, weil sie zur Fortsetzung eines mehr oder weniger belanglosen Gesprächs nicht aufgelegt war. Robert Blankenburg. Das musste der Name sein, den ein gewisser Schreiber, seinen Angaben zufolge reisender Journalist aus Lateinamerika, im Taufregister des Pfarramts nachgeprüft hatte. Das hatte Sibylle Brotbeck erzählt, und diese kleine Nachforschung war deshalb bemerkenswert gewesen, weil dieser Herr Schreiber gleich anschließend auf dem Pfarrhof mit dem geheimnisvollen Maskenmann zusammengetroffen war und sich sehr einvernehmlich mit ihm entfernt hatte.

Der Empfang im Foyer war inzwischen besetzt, aber die Dame telefonierte mit so unverkennbarer Hingabe, dass Bettina darauf verzichtete, sie anzusprechen. Auf dem Vorplatz des Heims drehte sie sich noch einmal um und schaute zur Fassade hinauf. Eine beträchtliche Höhe war das bis zur zweiten Etage. Auf der Rückfront hätte ein Ungeübter sicher keine Chance, bis zu den oberen Balkonen zu gelangen.

Über dem Vordach des Hauseingangs waren blutrote Buchstaben auf einen gelben Untergrund gemalt: ‚Haus Sonnenschein‘. Na ja, dachte Bettina, auch wo es Sonnenschein gibt, kann’s mitunter recht schattig werden.

13 Wegen ausbleibender Ergebnisse zog Parler seinen Mitarbeiter von seinem Beobachtungsposten beim Pfarrhaus wieder ab. Der Maskenmann hatte sich nicht blicken lassen, und nichts deutete darauf hin, dass er erneut da gewesen war.

Parler konzentrierte sich inzwischen auf den Mordfall im Seniorenheim und auf das Opfer, dessen todesnahe Hinfälligkeit einen unbekannten Täter nicht davon abgehalten hatte, ihn im Krankenbett umzubringen. Bloß – warum? Von abartig veranlagten Pflegern und Pflegerinnen hörte man, die es als Befriedigung empfanden, sterbenskranken Patienten auch ohne deren Einwilligung beim Schritt über die Grenze zu helfen. Manchmal vollbrachten sie das in Serie und mit unangefochtenem Gewissen. Doch im ‚Haus Sonnenschein' schien absolut niemand für solche Manipulationen in Betracht zu kommen. Männliche Pflegekräfte gab es überhaupt nicht und die Schwestern waren als vertrauenswürdige Personen bekannt. Außerdem sprach das ausgehebelte Fenster für einen Täter, der von außen über den Balkon eingedrungen war. Wie immer er von unten dort hinaufgelangt sein mochte. Völlig auszuschließen war freilich nicht, dass jemand den Einbruch vom Balkon her bloß vorgetäuscht, sich tatsächlich jedoch einen Zugang durch die Tür verschafft hatte. Die Zimmertüren wurden nachts natürlich nicht verschlossen, und wer erst einmal ins Haus und unerkannt bis zum gewünschten Flur gekommen war, hatte leichtes Spiel.

Auskünfte über den Ermordeten holte Parler bei der Heimleiterin ein, die ihre Fassungslosigkeit über den Fall noch nicht überwunden hatte. Sie räumte ein, dass Robert Blankenburg wahrhaftig kein einfacher oder auch nur umgänglicher Bewohner ihres Hauses war. Als er noch etwas mobiler gewesen sei, habe er jede Gelegenheit genutzt, sein Zimmer zu verlassen und im Rollstuhl die Gänge, Aufzüge und öffentlichen Räume unsicher zu machen. Geradezu systematisch habe er es darauf angelegt, Mitbewohner zu brüskieren, und dann ein lautes Gezeter anzufangen, um sie einzuschüchtern. Alle Schwestern hätten einen Bogen um ihn gemacht, weil er sie wie sein privates Dienstpersonal behandelte, das er nach Lust und Laune schikanieren durfte. In letzter Zeit allerdings hätten seine Kräfte rapide nachgelassen. Da sei er kaum noch aus dem Bett herausgekommen. Seine notorisch schlechte Laune habe sich dadurch aber nicht gelegt, er habe weiterhin an den Schwestern und ihren Hilfeleistungen viel auszusetzen gehabt und die Putzhilfen beleidigt, sie seien billige ausländische Schlampen.

Ein ausgesuchtes Ekel also, bilanzierte Parler.

Die Heimleiterin nickte und schwieg.

Parler kam die Möglichkeit auf einmal nicht mehr ganz abwegig vor, dass für den gewaltsamen Tod des bettlägerigen Herrn hausinterne Motive vorhanden waren. Irgendwann ist die Geduld auch wohlmeinender Pflegekräfte erschöpft, und irgendwann fällt der verhängnisvolle Tropfen, der das Fass zum Überlaufen bringt. Er würde sich mit dem Personal eingehender zu befassen haben, musste Einzelgespräche führen, die Atmosphäre messen wie mit einem Barometer und herausfinden, wo sich verbreiteter Ärger zu aggressiven Impulsen verdichten konnte.

Von der Heimleiterin erfuhr er, dass Blankenburg vor etwa vier Jahren ins Heim gezogen war, völlig unbegleitet von irgendwelchen Verwandten oder Freunden. In seiner Cannstatter Wohnung sei er allein nicht mehr zurechtgekommen. Bis zu seiner Rente habe er wohl eine leitende Stellung in einem metallverarbeitenden Betrieb innegehabt, einem Zulieferer für große Autokonzerne, und habe dort die Exportgeschäfte verantwortet.

Ob er selber die Kosten für seine Unterbringung im Seniorenheim aufgebracht habe, wollte Parler wissen. Allein mit Renteneinkünften sei das doch kaum zu stemmen.

Die fälligen Zahlungen seien exakt zum Monatsersten aufs Heimkonto überwiesen worden, sagte die Heimleiterin.

Ob es gar keine Angehörigen gebe.

Sie wisse nur von einer Tochter, bekam er zur Antwort, aber die sei nicht gut auf ihren Herrn Papa zu sprechen. Sie habe ihn nicht ein einziges Mal im ‚Haus Sonnenschein' besucht. Auch Briefverkehr oder telefonische Kontakte habe es nach ihrer Kenntnis nicht gegeben. Die beiden hätten sich wohl vollständig voneinander abgewandt. Eine verwandtschaftliche Beziehung der kompletten Beziehungslosigkeit. Ob die Tochter verheiratet sei und Familie habe, wisse sie nicht, nur, dass sie wohl um die fünfzig Jahre alt sei und eine Kindertagesstätte in Bad Cannstatt leite. –

Parler beschloss, die Tochter dieses eigenartigen Robert Blankenburg noch am selben Nachmittag aufzusuchen. Er traf sie an ihrem Arbeitsplatz, wo sie nach dem Ende der Betreuungszeit mit Büroarbeiten beschäftigt war. Elisabeth Blankenburg war nicht überrascht über Parlers Besuch, weil sie vom gewaltsamen Tod ihres Vaters bereits unterrichtet war.

„Ihr Beileid können Sie sich sonst wohin stecken", sagte sie höhnisch, „ich habe keine Verwendung dafür."

„Es berührt Sie nicht, dass Ihr Vater so umgekommen ist?", fragte Parler.

„Nein", sagte sie barsch, „höchstens wundert's mich, dass es nicht viel früher passiert ist."

„Weil er's verdient hatte?"

„Weil er sich mit aller Welt verkracht hatte, mehr oder weniger. Übrigens auch mit mir."

„Gab's Gründe?"

„Es gibt immer Gründe, Herr Kommissar, wo Menschen nicht miteinander auskommen und anfangen, sich zu hassen."

„Sie haben sich schon lange mit Ihrem Vater überworfen?"

„Ja, schon lange. Aber ziehen Sie keine falschen Schlüsse daraus. Ich habe mit dem Tod des Alten nichts zu tun."

„Vielleicht, vielleicht auch nicht. Es ist mein Job, mit allen Möglichkeiten zu rechnen. Ging es bei Ihren Auseinandersetzungen um Geld?"

„Nein, Geld interessiert mich nicht. Wäre ich auf Geld aus, träfen Sie mich nicht an diesem Platz."

„Ein Herz für Kinder – kein Herz für den Papa?"

Elisabeth Blankenburg sah ihn wütend an. Er schien einen wunden Punkt getroffen zu haben.

„Ja“, sagte sie gedehnt, „so könnte man sagen: ein Herz für Kinder, aber keins für den Papa. Weil dieser Herr Papa alles getan hat, das Kinderherz seiner eigenen Tochter zu verletzen und zu quälen und allmählich zu ersticken.“

„Er hat Sie misshandelt?“

„Nicht so, wie Sie jetzt wahrscheinlich denken. Man kann Menschen, auch Kinder, leiblich misshandeln und man kann es seelisch tun.“

„Sie haben das erlebt? Worum ging es dabei?“

Frau Blankenburg schüttelte so energisch den Kopf, dass sich deine Spange löste, mit der sie ihren ergrauten Haarschopf im Nacken zusammengebunden hatte. Sie hob sie vom Boden auf und erklärte: „Ich möchte darüber nicht reden. Das ist meine Geschichte und sie hat nichts mit dem Fall zu tun, den Sie zu bearbeiten haben. Entschuldigen Sie mich, bitte!“ –

Parler war nicht überzeugt, beließ es aber vorerst dabei. Er schlenderte durch die Straßen zum Parkhaus, in dem er seinen Dienstwagen abgestellt hatte. Dabei malte er sich Szenen familiärer Zerrüttung und eines auflodernden Hasses zwischen Vater und Tochter aus. Dass ihr Vater im Zustand völliger Wehrlosigkeit umgebracht worden war, ließ sie kalt. Sie war auch nicht im Geringsten überrascht darüber. Wusste sie mehr, als sie eingestand, und war sie vielleicht doch in irgendeiner Weise beteiligt?

Parler lenkte den Wagen über die Neckarbrücke zur Innenstadt. Die breite, mehrspurige Ausfallstraße am Park entlang musste er wegen des Tempolimits mit für ihn unsinniger Langsamkeit passieren, was ihn jedes Mal in Rage brachte. Die sogenannten Verkehrsexperten waren seiner Ansicht nach reine Willkürtäter, denen keine geeigneten Maßnahmen gegen Feinstaub und Dauerstau einfielen und die sich damit begnügten, törichte Maßnahmen zu ergreifen.

Die Weinsteige aufwärts kroch der zähe Feierabendverkehr, und Parler bereute seine Entscheidung, nun auch noch in der Degerlocher Wohnung von Dr. Michelsen vorbeizuschauen. Natürlich war diese Wohnung von seinen Mitarbeitern gründlich untersucht und versiegelt worden. Einige Dokumente, Briefe, Aktenunterlagen hatte man zwecks genauerer Prüfung mitgenommen, es war jedoch nichts aufgetaucht, was ein wenig Licht ins Dunkel des Unfalls oder der Ermordung des Arztes hätte bringen können. Parler folgte gern seinem Instinkt, und der trieb ihn jetzt dazu, noch einmal nachzusehen, wo bisher nichts Auffälliges entdeckt worden war.

Er löste das Türsiegel und trat ein. Ihm schlug die abgestandene Luft von nicht gelüfteten Räumen entgegen. Die Küche war jedoch aufgeräumt, das Bett im Schlafzimmer zugedeckt, keine Unordnung im Wohnzimmer. Dr. Michelsen lebte allein, aber offensichtlich ohne Hang zum chaotischen Junggesellendasein. Mit dem Finger fuhr Parler die Leisten der Bücherwand entlang, in der es eine Abteilung für medizinische Fachliteratur und eine zweite für Belletristik gab. Sieh dir an, welche Bücher die Leute in ihren Regalen sammeln, und du weißt, mit wem du es zu tun hast, pflegte sein Ausbilder zu sagen. Das war sicher nicht verkehrt, inzwischen aber oft nicht mehr zu gebrauchen. Die Zahl der Menschen, die eigene Bücher besaßen, schien unaufhaltsam abzunehmen.

Auch Bilder an den Wänden ließen Rückschlüsse auf die geistige und seelische Verfassung der Eigentümer zu. Dr. Michelsen war anscheinend ein Freund der Impressionisten. Ein paar wässrig aquarellierte Landschaftsszenen schmückten das Wohnzimmer, Avignon im Sommer, eine alte Brücke über den Fluss und dann, völlig überraschend, eine abstrakte Struktur aus farbigen Linien wie ein unregelmäßiges Gitterwerk, mit einzelnen ausgefüllten Feldern. Parler assoziierte: Gefängnis.

Er ging hinüber ins Arbeitszimmer des Mediziners und setzte sich auf dessen Schreibtischstuhl. Da er immer noch die Bilder im Hinterkopf hatte, fiel ihm ein farbiger Prospekt auf, der unter der Schreibtischlampe lag. Parler nahm ihn in die Hand und betrachtete ihn konsterniert. Auf der Vorderseite war nichts weiter zu sehen als ein Haus mit mehreren Etagen und einem geräumigen Vorplatz. Über dem breiten Eingang dieses Hauses war in roten Lettern auf gelbem Grund zu lesen: Haus Sonnenschein.

14 Erleichtert trat Beermann aus der Praxis seines Hausarztes auf die Straße hinaus, die zur erweiterten Fußgängerzone der Innenstadt gehörte. Die Kontrolluntersuchungen hatten befriedigende Ergebnisse gebracht, das EKG war, dem ärztlichen Urteil zufolge, den Umständen entsprechend in Ordnung. Kurze Aussetzer, die seiner chronischen Bradykardie, also dem verlangsamten Herzschlag, zuzuschreiben waren, fielen nicht dramatisch ins Gewicht. Mit so etwas kamen viele Patienten zurecht und konnten trotzdem ein hohes Alter erreichen. Vielleicht müsse später einmal die Einpflanzung eines Herzschrittmachers erwogen werden, hieß es, aber das sei im Augenblick kein Thema. Beermann sei kein Muster an Gesundheit, aber auch nicht unmittelbar gefährdet, solange er einen vernünftigen Lebenswandel durchhalte. Als Beermann zurückfragte, was er unter einem ‚vernünftigen Lebenswandel' zu verstehen habe, betete der Arzt die gewohnte Litanei herunter: nicht rauchen, keinen Alkohol, regelmäßige körperliche Bewegung, keinen Stress. Da sollte man am besten seinen Beruf und seine Lust am Leben überhaupt aufgeben, meinte Beermann, und die beschauliche Existenz eines Eremiten vorziehen. Der Arzt widersprach dem nicht und zuckte nur mit den Achseln.

Nun bummelte Beermann vergnügt durch die Stadt und fühlte sich wie ausgestattet mit einem Erlaubnisschein, dem Leben wieder nähertreten zu dürfen. An den Auslagen eines Schaufensters blieben seine Blicke hängen. Es war ein altes und allgemein geschätztes Café. Beermann sah Torten, die künstlerisch modelliert und wie farbig angemalt wirkten. Daneben Schalen mit raffiniertem Konfekt, Kreationen aus feinstem Marzipan. Er überlegte, dass im Verbotskatalog seines Hausarztes von Süßigkeiten nicht die Rede gewesen war. Das konnte Zufall oder Nachlässigkeit gewesen sein, aber Beermann beschloss, es wörtlich und streng auszulegen. Wurde Süßes nicht ausdrücklich verboten, so war Süßes grundsätzlich erlaubt.

An der Kuchentheke betrachtete er eingehend die angebotenen

Köstlichkeiten, entschied sich für eine pechschwarze Schokoladentorte und nahm Platz an einem kleinen runden Tisch beim Fenster. Die Bedienung brachte Kuchen und Kaffee, und Beermann ertappte sich dabei, seinen unbändigen Appetit darauf zügeln zu müssen, damit er die ganze Nascherei nicht im Nu verschlang. Ein Augenblick war's, dessen Verweilen man sich wohl wünschen mochte, und ein Genuss, der über den Gaumen hinab bis tief in die Seele reichte. Gesundheitlich angeschlagen oder nicht: es war ein Fest, am Leben zu sein, und es war nicht mehr als angebracht, dieses Fest auch ein wenig zu feiern.

Es begann zu regnen, und die Passanten eilten rascher vorüber oder spannten Schirme auf. Beermann kaute mit Andacht, das Tortenstück auf seinem Teller war nahezu verzehrt, und er unterdrückte den Impuls, ein weiteres zu bestellen. Er griff zur Tageszeitung, die auf dem Fensterbrett bereitlag, durchblätterte den Sportteil, überflog die Todesanzeigen und hielt sich bei den angegebenen Geburtsdaten auf. Das tat er immer. Mit der Zeit stellte er fest, dass die durchschnittlichen Geburtsjahre der Verstorbenen bedrohlich in die Nähe seines eigenen rückten. Statistisch betrachtet war seine Fälligkeit absehbar.

Im Lokalteil stieß er auf einen Artikel über den heimtückischen Mord im Seniorenheim. Der Reporter zeigte sich entsetzt über die Gefühlskälte, die nötig war, einen geschwächten Menschen gnadenlos zu ersticken. Andererseits war seinem Bericht eine heimliche Bewunderung für die akrobatischen Künste des Täters anzumerken, der die nackte Fassade hinauf- und hinuntergeturnt sein musste. Er verglich ihn mit der ‚Katze' aus dem Film, der Grace Kelly zum Star gemacht hatte: ‚Über den Dächern von Nizza'.

Beermann erinnerte sich plötzlich daran, dass Bettina nicht die Assoziation einer Katze, sondern eines Affen gehabt hatte. Eine affenartige Behändigkeit meinte sie bei dem Maskenmann festgestellt zu haben. Wenn das zutraf, waren mögliche Verbindungslinien zu ziehen. Dann kam der geheimnisvolle Mann mit der Maske nicht allein für Dr. Michelsens Tod in Betracht, sondern auch für die Fassadenkletterei beim Seniorenheim. Trieb er sich in der Stadt herum, weil er sich auf einer verrückten Vergeltungstour befand? In diesem Fall musste zwischen Robert Blankenburg und der anrüchigen Colonia Dignidad in Chile irgendein Zusammenhang bestanden haben.

Was mag bloß vorgehen in einem Menschen, der brutal gefoltert wurde und dabei buchstäblich sein Gesicht verlor, überlegte Beermann. Was wird aus einem, dessen dauerhaftes Anliegen darin besteht, sich verstecken zu müssen, weil sein Anblick Schrecken und Entsetzen hervorruft? So furchtbar verunstaltet ist er ein Gezeichneter, ein Zombie, ein Frankenstein. Er hat keine Chance. Wo er auch auftaucht, wird er gemieden. Jeder betrachtet ihn sofort als Unhold, der aus Bösem zusammengesetzt ist und Verbrecherisches im Schilde führt. Und irgendwann, infiziert von den Reaktionen der Angst und der Ablehnung, die ihn treffen wie Schläge, reift in ihm selber die Überzeugung, dass er zu nichts anderem taugt als zu verbotenen Handlungen. Vielleicht gerät es ihm zur Obsession, wahllos Rache zu üben für ein verpfuschtes Leben und blindlings um sich zu schlagen, unbeeindruckt davon, wer getroffen wird. Vielleicht verknüpft er seine negative Energie aber auch mit den Schuldigen, die ihn erst zum Unhold gestempelt haben. Dann wählt er genaue Ziele für seine Vergeltungsabsichten und entwickelt eine enorme Findigkeit, diese Ziele unter allen Umständen zu erreichen.

Dass Bettina zu anderen Einschätzungen neigte, konnte Beermann gelten lassen. Sie war eine Frau, und der Mann mit der Maske hatte wahrscheinlich mütterliche Gefühle in ihr geweckt. Sie sah nur das junge Opfer einer Schandtat, das herumgestoßen, missachtet und gequält wurde. Wahrscheinlich sehnte sich dieser Mensch nach guter Anbindung, befand sie, und nach Anzeichen von Liebe. Immer wieder war Bettina auf seine Augen zu sprechen gekommen, die voller Trauer gewesen waren. Und auf seinen entschlossenen, natürlich auch völlig überzogenen Schritt, ein verängstigtes Kind vor den Handgreiflichkeiten seiner Mutter zu retten. Ein Mörder ist das nicht, beharrte sie, und kaltblütig kann er schon gar nicht sein.

Das Café füllte sich zusehends, je länger draußen der Regen anhielt. Beermann wollte zahlen. Ihm unmittelbar gegenüber hatte sich ein Pärchen in einer Sitzecke niedergelassen und schmuste ungeniert. Kaum dass sie die Bedienung wahrnahmen, die sich nach ihren Wünschen erkundigte. Die Welt um sie her war zusammengeschnurrt auf ihre Zweisamkeit. Selige Beschränkung. Beermann hatte sein Vergnügen an den beiden, die seinen Blick magnetisch anzogen, und träumte nach rückwärts, von Szenen eines weltvergessenen Zusammenseins mit Bettina. Glücklich, wer die Liebe erlebt, dachte er, auch in ihren großen Wandlungen. Ein armer Teufel, wem das versagt bleibt; schon in seiner Jugend und dann durch alle Phasen seines Lebens.

15 Auf dem Heimweg von Besorgungen in der Stadt drehte Bettina sich mehrmals um. Sie hatte wieder einmal das Gefühl, dass ihr jemand folgte. Wieder einmal! Wuchs sich das bei ihr zu einer lächerlichen Manie aus? Sie ärgerte sich über nervöse Reaktionen, die vollkommen unnötig waren, und entschied sich gleichwohl, unbeirrt voranzugehen, ohne sich noch einmal umzuwenden. Das Gefühl, heimlich bedrängt zu werden, verschwand jedoch nicht. Als sie die kleine Parkanlage nicht weit von ihrem Pfarrhaus durchquerte, hatte sie einen Einfall. Sie wollte den Stier bei den Hörnern packen. Wollte Klarheit darüber gewinnen, ob tatsächlich jemand hinter ihr herschlich und womöglich nach einer Gelegenheit Ausschau hielt, sie zu stellen und anzusprechen, im ungünstigen Falle auch anzugreifen.

Sie nahm Kurs auf die nächste Bank, setzte sich und stellte ihre Einkauftasche ab. Auf dem kleinen Teich zu ihren Füßen ruderten Enten in der hoffnungsfrohen Erwartung von Brotbrocken heran. Jenseits des Teiches schlurfte ein altes Paar den Parkweg entlang. Die kleine städtische Oase war mit Kastanien und Ahorn bepflanzt sowie mit Buschwerk, das ein Rasenstück eingrenzte und Vögeln als Unterschlupf diente. Neben ihrer Bank befanden sich ein Abfalleimer und einer von diesen neuen Hygienekästen für Hundehalter, bei denen sich bedienen konnte, wer mit seinem verdauungswilligen Liebling Gassi ging.

Vielleicht sollte ich nicht so neugierig in der Gegend herumschauen, dachte Bettina, und entnahm ihrer Handtasche ein Büchlein mit gesammelten Aphorismen, das sie für gewöhnlich bei sich trug. Es verkürzte langweilige Wartezeiten beim Arzt oder auf irgendwelchen Ämtern und war auch bei Bahnfahrten gut zu verwenden. In diesem Büchlein las man nicht wie in der Zeitung oder in einem Roman. Man kaute die Sätze langsam und geduldig, bis sie den Geschmack freigaben, der in ihnen steckte. Jeder Satz war etwas Ganzes, eine Insel für sich, die man leicht betreten und auf der man umherspazieren konnte, ohne von der Hast getrieben zu sein, schnell voranzukommen.

Doch mit der gelassenen Nachdenklichkeit sollte es nichts werden. Bettina ertappte sich dabei, trotz niedergeschlagener Augen mit allen Sinnen auf ihre Umgebung zu achten. Sie hörte dem Kläffen eines Hundes hinterher, das allmählich verklang. Ein Specht hämmerte eifrig Kerben in die Rinde eines morschen Baumes. Die Enten zogen sich beleidigt vom Teichufer zurück, das nichts Brauchbares für sie geliefert hatte. Der fortgeschrittene Nachmittag dehnte sich träge und war bereit, das Feld für den Abend zu räumen.

Mehrmals schon hatte Bettina den Aufbruch erwogen. Es war verrückt, auf dieser einsamen Bank zu hocken und auf eine abenteuerliche Begegnung zu warten, die bloß ein Hirngespinst sein mochte. Wie beim Warten der zwei Bettler auf Godot. Aber dieser Godot kam nicht, und er kam deswegen nicht, weil es ihn überhaupt nicht gab. Zwanghaft musste solch ein Warten sein und lachhaft obendrein. Trotzdem verharrte Bettina auf ihrem Platz wie angeschraubt. Sie wollte es wissen. Dass ihre Gefühle sie täuschten, kam eher selten vor. Warum sollte ausgerechnet dieses Gefühl, dass jemand sich an ihre Fersen heftete, blanke Einbildung sein? Da sie gelegentlich zu Trotzreaktionen neigte, beschloss sie, den Platz auf der Parkbank nicht aufzugeben, bis es dunkel geworden war. Man würde schon sehen.

Die ohnehin nicht zahlreichen Besucher des Parks blieben nach Einbruch der Dämmerung vollständig aus. Nur ein Eichhörnchen huschte vorüber und turnte an einer Platane hinauf. Ihm wäre die Fassadenkletterei am Seniorenheim ebenfalls geglückt, dachte Bettina. Weil das Licht nicht mehr ausreichte, hatte sie ihr Büchlein weggepackt. Was Helmut wohl denken würde, wenn er sie hier sitzen sähe? Und was, falls ihr tatsächlich etwas zustoßen sollte?

Plötzlich saß er neben ihr. Geräuschlos herbeigekommen wie ein Wesen aus Luft. Bettina erkannte ihn sofort. Der Schwarze mit der Maske teilte die Bank mit ihr, als sei es die nächstliegende Sache der Welt. Seine Hände hielt er gefaltet im Schoß, wie um zu zeigen, dass er keine aggressiven Absichten verfolge. Dazu würgte er Laute hervor, die bestialisch klangen und Bettina erschreckten. Worte waren das nicht, auch nicht in einer fremden, ihr unbekannten Sprache. Der

Schwarze wandte ihr sein Gesicht mit der Maske zu und nickte mit dem Kopf. Auch das vermochte Bettina nicht zu deuten. Da beschloss sie, sich für die Blumen zu bedanken, die er im Garten für sie niedergelegt hatte. Die hätten lange gehalten in der Vase, erzählte sie, und sie habe eine richtige Freude an ihnen gehabt. Während sie sprach, wurde ihr klar, dass der Schwarze zwar aufmerksam zuhörte, aber kein Wort begriff. Offenbar konnte er kein Deutsch. Und sie konnte kein Spanisch.

Trotzdem redete sie weiter. Halb aus dem Antrieb, eine belastende Stille zu vermeiden, und halb in der Absicht, dem Fremden zu zeigen, dass sie ihm unerschrocken zugewandt sei. Der Schwarze hörte ihrem freundlichen Geplauder aufmerksam zu. Er verstand nichts und er verstand doch.

Schließlich berührte er sie schüchtern am Oberarm, langte mit der anderen Hand in die Brusttasche seines Anoraks und holte einen Gegenstand hervor, den er liebevoll in der Hand wog. Bettina konnte nicht erkennen, was es war, bis der Mann eine Taschenlampe herbeizauberte und es beleuchtete. Es war ein kleines bemaltes Holzkästchen mit einfachem Verschluss. Der Schwarze öffnete es und hielt es Bettina unter die Augen. Sie sah ein silbernes Kreuz mit Kettchen, einen gängigen Anhänger, der bestimmt keinen besonderen Wert besaß. Doch der Schwarze nahm das Silberkreuz aus dem Holzkästchen und wies auf ein Foto in Schwarz-Weiß, das darunter lag. Bettina sah eine junge Frau mit kurzem Haar, einer weit ausgeschnittenen Bluse und einer neckischen Blüte über dem rechten Ohr. Unter dem Bild waren handschriftlich Wörter notiert, die Bettina für spanisch hielt, dazu ein Wort, das eindeutig ein Name war: ‚Mateo'. Es handelte sich, schlussfolgte Bettina, um die Erinnerungsgabe einer Mutter an ihren Sohn. Dieser Sohn musste der Mann mit der Maske sein, und seine Anonymität hatte sich nun aufgelöst. Er hieß Mateo. Sie deutete auf ihn und sagte fragend: „Mateo?" Mateo nickte eifrig.

Ab jetzt ging alles sehr schnell. Mateo legte das Silberkettchen in Bettinas geöffnete Hand, steckte das Kästchen mit dem Foto ein, grüßte mit einem Kopfnicken und lief davon.

Bettina hielt noch ein paar Sekunden auf ihrem Sitzplatz aus und dachte über das Erlebte nach. Das kleine silberne Kreuz musste ein Geschenk seiner Mutter, und es musste ihm derartig wichtig sein, dass er es bei seiner Abenteuertour immer bei sich trug. Warum gab er es plötzlich her? Und ausgerechnet an sie? – Sie sollte das spanische Lehrbuch ihres Vaters aus den abgelegenen Fächern ihres Bücherschranks hervorkramen und sich Grundformen der Verständigung aneignen. Konnte Mateo selber nicht reden, so konnte er immerhin hören. Merkwürdig, dass er anscheinend auch nicht zu schreiben und zu lesen verstand. Von seinen geistigen Fähigkeiten her hätte er eine elementare Schulbildung in Chile auf jeden Fall erwerben können, da war sich Bettina sicher. –

Beermann schaute verblüfft, als Bettina ihm den silbernen Anhänger vorlegte.

„Ein Kreuzchen am Kettchen“, sagte er, „ich ahnte gar nicht, dass du dich mit so was schmücken möchtest.“

„Es ist ein Geschenk, Helmut.“

„Ein Geschenk, ach ja. Hast du einen neuen Verehrer?“

„Keinen, den du fürchten müsstest“, lächelte Bettina. „Er ist ein einsamer Junge aus Chile und heißt Mateo.“

Beermann lehnte sich auf seinem Stuhl zurück: „Mateo, sieh mal an. Der Mann mit der Maske. Erst Blumen, jetzt ein Anhänger. Und da soll ich nicht ins Grübeln geraten?“

„Meinetwegen grüble ein bisschen“, sagte Bettina, „ich tu's ja auch.“

Beermann sah sie prüfend an: „Du hast ihn getroffen.“

„Genauer gesagt hat er mich getroffen.“

„Er hat dir wieder aufgelauert?“

„Nein, ich hab eine Weile auf ihn gewartet. Auf einer Bank im Park.“

Beermann wurde unwillig: „Bettina, führ mich bitte nicht an der Nase herum. Wir befinden uns nicht in einer Komödie und mir ist nicht nach Lachen zumute. Ich weiß, dass du deinen eigenen Kopf hast und gern deine eigenen Wege gehst. Bloß – verrenn dich nicht! Der Mann, den du Mateo nennst und mit dem du dich heimlich triffst, ist des Mordes verdächtig. Sogar des zweifachen Mordes. Parler mit seinen Leuten ist mächtig hinter ihm her. Die tun das nicht aus Jux und Spielerei."

„Ich passe auf, keine Sorge. Und außerdem ist Mateo völlig harmlos."

Beermann schnaubte: „Du bist zu vertrauensselig, Bettina. Dieser Mensch ist nicht harmlos, sondern unberechenbar. Vielleicht sogar teuflisch."

„Herr Pfarrer, ein bisschen mehr Menschenkenntnis, bitte!", fauchte Bettina zurück und ließ ihn allein.

16 „Alle wesentlichen Spuren führen nach Chile und dort in die monströse Colonia Dignidad", sagte Parler, der sich zu einem Informationsaustausch bei Beermann eingefunden hatte. „Ihr Dr. Michelsen hat Ihnen selber offenbart, wie seine Jugendsünden in der Kolonie ausgesehen haben. Das ist die eine Sache. Daneben gibt's im Zusammenhang mit der Schäfer-Sekte auf ihrem chilenischen Campus eine zweite Angelegenheit. Die betrifft nicht Kinderschändung und religiösen Wahn, sondern Waffenschmuggel und geheime Operationen im Dienst des Pinochet-Regimes. Beides fand auf dem Terrain der Colonia statt."

Beermann runzelte die Stirn. „Wenn unser Mann mit der Maske den ehemaligen Koloniezögling Michelsen umgebracht hat, tat er das sicher aus persönlichen Motiven", erklärte er. „Der Maskenmann zahlte Michelsen heim, was der ihm angetan hatte. Mit Waffenschieberei und dergleichen muss das überhaupt nichts zu tun haben."

„Richtig, sehe ich auch so. Aber nun habe ich auf dem privaten Schreibtisch dieses Dr. Michelsen einen interessanten Fund gemacht: einen Prospekt des Seniorenheims ‚Haus Sonnenschein'."

„Es könnte doch purer Zufall sein, dass der dort lag. Oder der Arzt hatte dienstlich mit dem Heim zu tun, wenn er austherapierte Patienten seiner Klinik zur Pflege unterbringen wollte."

„Möglich. Aber erstens glaube ich nicht an Zufälle und zweitens fiele die Weitervermittlung von Pflegebedürftigen in die Zuständigkeit des klinischen Sozialdienstes."

„Was sagt Ihnen der Prospekt?"

„Nicht sehr viel. Immerhin so viel, dass Michelsen möglicherweise Kontakt zum Heim oder zu einzelnen Heimbewohnern hatte."

„Und nun haben Sie den toten Dr. Michelsen und den toten Robert Blankenburg und zählen eins und eins zusammen. Herauskommt, dass die beiden was miteinander zu tun haben müssen."

„So ungefähr. Eine Vermutung, nicht mehr im Augenblick. Bloß, Herr Pfarrer, mithilfe von Vermutungen gerät man auf Fährten und beim Verfolgen von Fährten gelegentlich zu einem Ergebnis."

„Also?"

„Dieser Robert Blankenburg war ein Mann mit ziemlich dubioser Vergangenheit. Meine Schnüffler im Amt sind erfreulich schnell dahintergekommen. Blankenburg war über eine Reihe von Jahren Mitglied des deutschen Botschaftspersonals in Santiago. Nicht in leitender Position, aber auch nicht an unterster Stelle, in einem Ressort für vermischte Aufgaben. Das war in der Ära Salvador Allendes und nachher unter dem Militärregime Pinochets. Demnach dürfte er ein Fuchs gewesen sein, der wusste, wo und wie der Hase lief. Nach Pinochets Ende musste er einen unrühmlichen Abschied aus der Botschaft und aus dem ganzen diplomatischen Dienst hinnehmen. Es kam sogar zu einer Anklage gegen ihn und zu einem Gerichtsverfahren in Santiago, das aber bald niedergeschlagen wurde, aus mir nicht ersichtlichen Gründen. Daraufhin muss er seine Rückkehr in die Bundesrepublik betrieben, sich unauffällig benommen und als normaler Angestellter gelebt haben, bis zum Beginn seiner Rente."

„Weshalb gab es eine Anklage gegen ihn in Santiago?"

„Das ist die entscheidende Frage. Blankenburg besaß als Mitglied der deutschen Botschaft natürlich Immunität, aber nur, solange er dort nicht an die Luft gesetzt wurde und seiner diplomatischen Privilegien verlustig ging. Man nahm ihn ins Visier, weil er als Kollaborateur im System Pinochet verdächtigt wurde. Das entsprach sicher den Tatsachen. Blankenburg verfügte nämlich über ein weit gespanntes und vorwiegend geheimes Kontaktnetz. Sein Vater hatte als Fallschirmjäger im Zweiten Weltkrieg der SS angehört, die bekanntlich nach Kriegsende vielen ihrer Angehörigen zur Flucht nach Südamerika verhalf. Blankenburgs Vater gehörte allerdings nicht zu den Nazi-Emigranten, und der Sohn Blankenburg schaffte, insgesamt unbelastet, den Einstieg ins politische Geschäft und in den diplomatischen Dienst.

Als er in die Botschaft nach Santiago versetzt wurde, fing er bald an, Beziehungen der Familie aufzufrischen, die seit Jahren auf Eis gelegen hatten. Er traf sich mit Hans-Ulrich Rudel, der es in Argentinien zum Militärberater bei Péron gebracht hatte und später eine entsprechende Funktion bei Pinochet übernahm. Er verkehrte mit Schäfer in der Colonia Dignidad, hofierte ihn und ließ sich von ihm hofieren. Diesem Mann ist es tatsächlich gelungen, sich sowohl in der Zeit des sozialistischen Allende als auch beim reaktionären Pinochet verdient zu machen – und dabei vor allem seinen Verdienst zu machen. Allende war für ihn als nach wie vor überzeugter Nazi natürlich ein rotes Tuch, dessen Beseitigung er unterstützte, wo er nur Möglichkeiten dazu erkannte. In dieser Zeit hat er viel mit dem Kommunistenhasser Schäfer gekungelt, der von der Angst besessen war, die Allende-Leute würden ihn mit seiner ganzen Kolonie ausräuchern. Schäfer suchte nach einem wirksamen Schutz dagegen und Blankenburg griff ihm dabei hilfreich unter die Arme. Einmal aus Gründen alter Gesinnungsgenossenschaft, zum andern wegen des eigenen Profits. Blankenburg ließ damals zum ersten Mal, jedenfalls zum ersten Mal nachweisbar, seine konspirativen Beziehungen spielen. Er nutzte Verbindungen zur Bundeswehr, um illegale Einkäufe ausgedienter Waffen, in erster Linie Maschinengewehre, in die Wege zu leiten, die in Einzelteile zerlegt und in Kisten verpackt per Schiff nach Chile verfrachtet wurden und dort, als Werkzeug getarnt, zur Colonia kamen. Hier wurden die Waffen wieder zusammengebaut.

Weil dieser Schmuggel so wunderbar und alles in allem reibungslos klappte, stieg der Appetit auf größere Posten und lukrativeren Gewinn. Die Chance dazu ergab sich nach dem Sturz von Salvador Allende und der Machtübernahme durch Augusto Pinochet. Der brauchte nun jede Menge Waffen, im Innern zur Bekämpfung der Opposition, nach außen gegen Übergriffe verfeindeter Mächte, die mit dem gewaltsamen Ende des Experiments Allende jedenfalls offiziell nicht einverstanden waren. Die Waffen, die Pinochet unbedingt haben wollte, standen jedoch nicht ohne Weiteres zur Verfügung. Die USA verhängten ein Embargo, andere Westmächte zogen nach. Eine ideale Konstellation für den schwarzen Waffenmarkt. Blankenburg wusste in diesem Spiel alle Register zu ziehen und hatte keine Mühe, Schäfer mit seiner Kolonie als Komplizen einzuspannen. In die alten SS-Seilschaften kam muntere Bewegung, nicht allein auf dem Territorium von Chile, sondern auch in der noch jungen Bundesrepublik

Deutschland. Das verdeckte Geschäft mit den Waffen hatte seine Schaltzentrale in der deutschen Botschaft von Santiago und in der Person von Blankenburg, der so geschickt vorging, dass er innerhalb der Botschaft nicht aufflog. Er hatte Freunde bei der Bundeswehr und sogar beim Bundesnachrichtendienst, die die Kanäle im Waffenschmuggel ebenso bedienten wie nach außen verschleierten. Jetzt ging es auch nicht mehr um Pistolen und Gewehre allein, sondern um schweres Gerät. Darunter Panzerfahrzeuge und Kampfflieger vom Typ Mirage. Das Regime zahlte jede denkbare Summe und die beteiligten Geschäftemacher verdienten sich goldene Nasen und mehr.

Ein Grund dafür, dass die Operationen weitgehend unentdeckt blieben beziehungsweise im Fall einer Entdeckung von Regimekräften in Chile geduldet wurden, lag in Paul Schäfers sonderbarem ‚Friedensreich'. Diese von Hause aus schon autoritär geführte Religionsgemeinschaft veränderte ihr Gesicht noch einmal dramatisch. Misshandlungen von Unbotmäßigen hatte es vorher schon gegeben, aber jetzt war sozusagen der endzeitliche Krieg zwischen den Kindern des Lichts und den Kindern der Finsternis entbrannt. Zu den Kindern der Finsternis zählten alle, die im weitesten Sinne zur Opposition des Militärregimes gerechnet wurden. Gegen die war für Paul Schäfer und Konsorten Nachsicht bereits eine Form von Gotteslästerung. Deshalb durfte der chilenische Geheimdienst seine Zelte auf dem großen, mit Zäunen und Stacheldraht umgebenen Gelände der Colonia aufschlagen, durfte dort Gefangene zusammentreiben, foltern und erschießen. Auch als Waffenlager diente die fromme Einrichtung, Schäfer und seine Leute waren beflissene Helfer, und Blankenburg zog die Fäden.

Später wurde deutlich, dass er nie auch nur eine Andeutung von Unrechtsbewusstsein entwickelt hat. Er hat zugelassen, dass Menschen in den Tod getrieben wurden. Er hat mit illegalen Waffenlieferungen das Regime Pinochet unterstützt. Er hat einen Haufen Schmiergeld auf die Seite gebracht – und wurde nie verurteilt. In Chile verlief, wie schon gesagt, ein Verfahren gegen ihn im Sand. In Deutschland wurde zu keinem Zeitpunkt ein Verfahren gegen ihn eröffnet, zuerst wahrscheinlich, weil es einflussreiche Personen gab, die einen Riesenskandal fürchteten, bei dem nicht nur Blankenburg über die Klinge hätte springen müssen, später dann aus Gründen der juristischen Verjährung. Dass dieses menschliche Ekel am Ende doch noch von irgendeinem Racheengel zur Strecke gebracht wurde, das finde ich – entschuldigen Sie, Herr Pfarrer – überaus naheliegend und verständlich!"

„Unglaublich", stöhnte Beermann, „das ist ja der Hammer! Ich hätte mir bei der ersten Begegnung mit Dr. Michelsen nicht träumen lassen, was er für einen Rattenschwanz an Problemen hinter sich herschleppte."

„Der Prospekt vom Seniorenheim auf seinem Schreibtisch spricht immerhin dafür, dass da noch mehr im Busch gewesen sein könnte als das Foltertrauma aus seiner Jugendzeit. Die Heimleitung vom ‚Haus Sonnenschein' beteuert, keinen Dr. Michelsen kennengelernt zu haben. Was natürlich nicht ausschließt, dass er das eine oder andere Mal anonym im Haus gewesen sein könnte, eben nicht in offizieller Eigenschaft als Arzt der städtischen Klinik."

„Sie halten es für denkbar, dass er mit Robert Blankenburg zu tun hatte?"

„Ich halte es für möglich. – Nach wie vor kommt freilich der Maskenträger als Verdächtiger Nummer eins für den Mord im Seniorenheim in Betracht. Als dieser Mord geschah, war Michelsen bereits tot."

„Seinen Tod schieben Sie dem Mann mit der Maske ohnehin in die Schuhe. Sollte also zwischen Michelsen und dem alten Blankenburg tatsächlich eine Verbindung bestehen, wäre die Hypothese von einem Täter in zwei Fällen durchaus erwägenswert."

„Danke, dass Sie mir folgen können", grinste Parler. „Die Hypothese gewinnt obendrein an Wahrscheinlichkeit, weil dem anscheinend sehr sportlichen Maskenträger eine Kletterpartie an der Heimfassade zuzutrauen wäre."

Beermann überlegte kurz, ob er dem Hauptkommissar von Bettinas neuem Silberanhänger erzählen sollte und von den Umständen, unter denen sie an ihn gekommen war. Er kam zu dem Schluss, dass er's vorläufig verschweigen sollte. Der Hausfrieden hing bereits schief und würde ihm vollends krachend auf die Füße fallen, wenn er nun auch noch Bettinas Begegnung mit Mateo im Park ausposaunte.

„Warum ich eigentlich zu Ihnen gekommen bin", fing Parler neu an, „sind nicht weniger als drei Punkte."

„Ich dachte mir schon, dass Sie nicht bloß interessante Nachrichten verkünden wollten."

„Natürlich. – Da ist also erstens Ihre Frau Bettina. Ich habe ein mulmiges Gefühl, wenn ich an sie und ihre spontanen Alleingänge denke. Außerdem neigt sie leider gar nicht zur Kooperation. Lieber Herr Beermann, versuchen Sie Ihre Frau davon zu überzeugen, dass sie keine Dummheiten anstellt. Tatverdächtige werden nicht ungefährlicher dadurch, dass man ihnen mit übertriebener Christlichkeit entgegenkommt."

Beermann musste schmunzeln: „Ach, wissen Sie, Herr Parler, da kann ich Sie beruhigen. Übertriebene Christlichkeit zählt nicht zu den Beschwerden, unter denen meine Frau zu leiden hätte."

„Na gut. Auf alle Fälle sollte sie sich zurückhalten und jeden Kontakt zu dem Maskenmann unterlassen. Sie könnte sonst in Teufels Küche geraten."

„Ich will's ihr sagen", versprach Beermann.

„Der zweite Punkt betrifft den angeblichen Journalisten Johannes Schreiber, der in Ihrem Pfarramt auftauchte, um alte Taufregister einzusehen."

„Auf der Suche nach einem gewissen Robert Blankenburg."

„Ihre Sekretärin hat eine ungefähre Beschreibung dieses Mannes geliefert, wir haben bisher aber keine Ahnung, wo er steckt. Vielleicht ist er mit falschem Namen unterwegs, vielleicht hat er die Stadt auch längst verlassen. – Sollte er unverhofft noch einmal bei Ihnen aufkreuzen, bitte ich Sie und Ihre Sekretärin dringend, mich sofort zu informieren. Die Tatsache, dass dieser Schreiber auf vertrautem Fuß mit dem Maskenträger steht, macht ihn so verdächtig, dass wir unbedingt mit ihm sprechen müssen."

„Was ich dazu beitragen kann, will ich tun", sagte Beermann.

„Und schließlich Nummer drei. Die offenste und zugleich pikanteste Angelegenheit. Die Tochter des alten Blankenburg. Elisabeth heißt sie. Ich habe mit ihr gesprochen und bin auf Granit gestoßen. Praktisch hat sie die Aussage verweigert, und ich habe keinen begründeten Anlass, ihr mit schärferen Maßnahmen auf den Zahn zu fühlen. Eingeräumt hat sie immerhin, dass das Verhältnis zu ihrem Vater vollständig zerrüttet gewesen sei. Im Heim hat sie ihn nie besucht. Sie macht auch überhaupt kein Geheimnis daraus, dass sie ihren Vater leidenschaftlich gehasst hat, weil er, wie sie sagt, ihre Seele zerstört hat. Nicht durch leibliche Missbrauchsgeschichten, sondern auf andere Weise."

„Welche?"

„Wenn ich das wüsste! Genau an diesem Punkt hat sie gemauert und wird es bestimmt weiter tun, wenn ich Anstalten mache, sie zum Reden bringen zu wollen. Da komme ich nicht voran."

„Aber was hat das alles mit mir zu tun?"

„Elisabeth Blankenburg leitet eine evangelische Kindertagesstätte in Cannstatt. Ihr direkter Vorgesetzter ist der dortige Gemeindepfarrer, auf den ich bislang noch nicht zugegangen bin. Ich fände es klüger, Sie probierten da ein Gespräch unter Brüdern, so sagt man doch in Ihren Kreisen, oder?"

„Die ‚Brüder' gibt's mehr in Norddeutschland", erklärte Beermann, „wir im Süden sind ein bisschen bescheidener und nennen uns einfach ‚Kollegen'."

„Auch gut, also ein Gespräch unter Kollegen. Oder, wenn sich's ergibt, auch direkt mit Frau Blankenburg. Nicht im Sinne eines polizeilichen Verhörs, wie ich das führen würde, sondern gewissermaßen im Rahmen eines seelsorgerlichen Gesprächs. Dazu könnten Sie mit dem seltsamen Tod des alten Blankenburg einsetzen und allmählich einfließen lassen, dass sich ein gewisser Johannes Schreiber kürzlich in Ihrem Pfarramt nach dessen Taufeintragung erkundigt hat. Herr Beermann, ich weiß, es ist eine Zumutung, aber ich muss unbedingt die Geschichte zwischen Elisabeth Blankenburg und ihrem Vater herausfinden."

„Eine Zumutung, allerdings", knurrte Beermann.

„Ich mache Ihnen einen Vorschlag", hakte Parler eifrig nach, der plötzlich den Eindruck gewann, sich mit seinem Plan auf der Zielgeraden zu befinden. „Morgen ist die Beisetzung des alten Blankenburg, eine Erdbestattung auf dem Steinhaldenfriedhof. Da gehen wir hin, nicht als Tandem, sondern schön unabhängig jeder für sich. Wir hören zu und sehen uns um. Die Feier am Grab wird der Gemeindepfarrer halten, der auch der Dienstvorgesetzte der Tochter ist. Da wird man gut hinhorchen, was er zu sagen hat."

17 Aus grauem Wolkenhimmel nieselte es sanft, aber stetig. Der Trauerzug hatte sich von der Leichenhalle zur Grabstelle bewegt, eine spärliche Gesellschaft, die sich mit Regenmänteln und Schirmen vor der Nässe schützte. Vier Totengräber mit dem Wagen vorweg, auf dem der Sarg mit einem bunten Blumenbouquet lag, dahinter der Pfarrer im Talar und kaum ein Dutzend schwarz gekleideter Trauergäste. Abstand haltend folgten auf Seitenwegen Beermann und Parler. Der Hauptkommissar betrachtete die Menschen neben und hinter Elisabeth Blankenburg. Es hätte ja sein können, dass der Mörder darunter war, ein Mörder, den die Polizei noch gar nicht auf dem Schirm hatte. Doch keiner schien ihm die körperlichen Voraussetzungen für die erforderliche Fassadenkletterei zu besitzen.

Der Erdaushub bildete zu beiden Seiten der Gruft einen kleinen Wall, der vor Feuchtigkeit glänzte. Beermann fiel prompt eine der schwarzhumorigen Anekdoten ein, die unter Pfarrerskollegen so beliebt sind:

Bei einer Beerdigung unter vergleichbaren Umständen stand der Pfarrer, nachdem der Sarg in der Tiefe geborgen war, am Rand der Grabstätte und vollzog die übliche Liturgie. Er erschrak, als er plötzlich merkte, wie das lockere und feuchte Erdreich unter seinen Füßen nachgab und er mit Talar, Barett und Agende unaufhaltsam in die Grube zu fahren drohte. Im letzten Augenblick und mit verzweifelter Anstrengung setzte er, um diesen peinlichen Unfall zu verhindern, zum beherzten Sprung über das ganze Grab an und landete auch wohlbehalten auf der anderen Seite, wo er, als sei nichts Ungewöhnliches vorgefallen, seine Lesungen fortsetzte. Auch die beteiligte Trauergemeinde ließ sich nichts anmerken. – Gut eine Woche später, beim nächsten Trauerfall, saß er mit der Witwe in seinem Amtszimmer, um Einzelheiten der Bestattungsfeier abzustimmen. Alles war besprochen und geregelt, und der Pfarrer begleitete seinen Besuch zur Verabschiedung an die Tür. Da hielt die Witwe auf einmal inne, schaute den Pfarrer nachdenklich an und fragte, ob sie noch eine Bitte äußern dürfe. Sie habe vernommen, wie außergewöhnlich eindrucksvoll seine Bestattungsfeier in der vergangenen Woche abgelaufen sei. So habe sie jetzt auch den Wunsch, dass er wieder mit Talar und Barett diesen wunderbaren Sprung übers Grab und über ihren lieben Erich im Sarg machen möge. –

Das Häuflein der Trauergäste stand etwas verloren herum, als die Ordner mit dicken Seilen den Sarg absenkten, ihre Uniformmützen vom Kopf nahmen und salutierend vor die Brust hielten, ein Körbchen mit Erde und Schaufel und eines mit Blumen am Rand des Grabes absetzten und sich dann diskret entfernten. Der Pfarrer redete unter seinem mächtigen Schirm hervor wie unter einem Kanzeldeckel, den man zu tief gehängt hatte. Er las prophetische Texte, sprach Gebete und zog zu einer kurzen Ansprache ein Psalmwort heran: ‚Ein Mensch ist in seinem Leben wie Gras,/ er blüht wie eine Blume auf dem Felde;/ wenn der Wind darüber geht, so ist sie nimmer da/ und ihre Stätte kennet sie nicht mehr.'

An einem Ort wie dem Friedhof könne man am deutlichsten ermessen, was es mit der Endlichkeit des Menschen auf sich habe, führte er aus. Wie Gras sei das Leben, aufsprießend, welkend. Dazwischen, wenn's gut gehe, ein bisschen Blüte. Manchmal ein bisschen Blüte von verführerischer Schönheit. Dann fahre der Wind darüber hin, der trage dies und das mit sich, was der Blüte nicht gut bekomme. Sie vielleicht sogar vergifte. Dann nehme sie Schaden dabei und merke es nicht mal. Sie trage den Tod bereits in sich, während sie die Wonne des Lebens zu genießen meine.

Der Pfarrer machte eine lange Pause, bei der nicht ohne Weiteres ersichtlich war, ob sie die Bedeutung seiner metaphorischen Rede unterstreichen sollte oder dem Umstand zuzuschreiben war, dass er einfach im Text nicht weiterwusste. Beermann hielt die Kunstpause für rhetorisch gewollt. Er betrachtete die Frau, die am nächsten beim Pfarrer stand und vermutlich Blankenburgs Tochter war. Sie trug weder Schirm noch Hut. Den Nieselregen ließ sie über sich ergehen, als befinde sie sich unter einer willkommenen, weil reinigenden Dusche. Ihre Augen hielt sie fest geschlossen, und Beermann fragte sich, ob das ein Zeichen ihrer Andacht war oder eine geistige Abwesenheit betonen sollte. Der Pfarrer reihte nun Daten aus der Biografie des Toten aneinander. Was man besonders ausführlich betreibt, dachte Beermann, wenn man über die Person des Verstorbenen nicht viel, vor allem nicht viel Gutes zu erzählen weiß. Natürlich wurde der Botschaftsdienst in Santiago erwähnt, aber nichts Genaueres. Was Beermann neu und interessant erschien, war die Tatsache, dass die Frau des Toten schon während seines beruflichen Aufenthalts in Chile gestorben war. Bei dieser Einzelheit meinte Beermann, eine Reaktion bei der bisher wie versteinert wirkenden Tochter bemerkt zu haben. Wie eine heftige innere Erschütterung, die nur mit großer Willensanstrengung unter Kontrolle gebracht werden konnte. Die Mutter also, Blankenburgs Frau. Von der war bisher noch gar nicht die Rede gewesen.

Der Pfarrer schloss seine Ansprache mit vorsichtigen Andeutungen, die jeder nach seinem Kenntnisstand erweitern und ausfüllen konnte. Verfehlungen, so meinte er, seien unvermeidliche Begleiterscheinungen in einem Menschenleben und sie nähmen beim einen oder anderen unterschiedliche Formen und Grade an. Da bleibe allein die Hoffnung, dass vergeben werden könne, was sich an Verfehlungen ergeben habe; vergeben werden – wie im Himmel, so auf Erden.

Nach Gebet und Vaterunser griff der Pfarrer nach der kleinen Schaufel und warf ein paar Erdklumpen auf den Sargdeckel, dass es dumpf und schwer widerklang. Er erteilte den Segen, rückte das Körbchen mit Blumen zurecht und bedeutete den Anwesenden mit einer Geste, dass sie jetzt vortreten und ihren Abschied förmlich vollenden könnten. Elisabeth Blankenburg öffnete auf einmal ihre Augen, als sei sie aus tiefem Schlaf erwacht, schrak erkennbar zusammen, drehte sich auf dem Absatz um und eilte davon. Der Pfarrer stand konsterniert und wusste nicht, wie er sich verhalten sollte. Andere lösten sich rasch aus der Verlegenheit und tuschelten miteinander, traten vor, verharrten kurz vor dem offenen Grab und warfen eine Blume hinab.

Beermann überlegte, ob es ratsam wäre, der Flüchtigen zu folgen. Er entschied sich dagegen. In ihrer momentanen Verfassung war sie ganz bestimmt nicht ansprechbar, und mit dem, was er mit ihr zu besprechen wünschte, schon gar nicht. Er musste eine bessere Gelegenheit finden, ihr nahe zu kommen.

Auf dem Friedhofsparkplatz traf er Parler, der ihn im Dienstwagen mitgenommen hatte.

„Na, wie fanden Sie's?“, erkundigte sich der Hauptkommissar.

„Traurig, wie meistens“, sagte Beermann. „Mitunter fällt es auch richtig schwer zu beurteilen, ob da eine Tragödie oder eine Komödie zur Aufführung kommt.“

„Die Tochter jedenfalls war zuerst im Geiste und nachher auch im Leibe abwesend, wo sie hätte anwesend sein sollen.“

„Den verhassten Vater mit Blumen zu bestreuen, das war ihr anscheinend zu viel.“

Von seiner Beobachtung, dass Elisabeth Blankenburg sich bei der Erwähnung ihrer Mutter sichtlich bewegt gezeigt hatte, sagte Beermann nichts.

Sie stiegen ein und fuhren in die Stadt zurück. Beermann ließ sich von Gedanken treiben, die keinen vernünftigen Zusammenhang ergaben. Parler dachte laut vor sich hin und hängte eine Hypothese an die andere. Der Regen war stärker geworden, und sie durchquerten Pfützen in Fahrrinnen und Senken der Straße, dass schmutzige Fontänen zu den Seiten spritzten. Elisabeth Blankenburg. Was mochte ihr Geheimnis sein? Beermann seufzte: Da waren sie in die rätselhafte Geschichte mit einem Maskenmann geraten, der Mateo hieß, und auf einmal war's eine Elisabeth Blankenburg, die Rätsel aufgab, zu deren Lösung er beitragen sollte. –

Der Kollege Schmidt-Salach zeigte sich skeptisch. Beermann hatte sich am Tag nach Blankenburgs Beerdigung mit ihm in Verbindung gesetzt und um einen Gesprächstermin gebeten. Er war noch am selben Nachmittag in dessen Pfarramt erschienen und hatte erklärt, warum er ihn aufsuchte. Blankenburgs Tod füge sich in einen Kontext von auffälligen Ereignissen ein, die ihn beschäftigten. Zum Beispiel sei da ein Journalist in seinem Pfarramt erschienen und habe in alten Taufregistern nach Eintragungen geforscht, die auf den Namen Robert Blankenburg lauteten. Der angebliche Journalist heiße

Johannes Schreiber und recherchiere für eine überregionale Zeitung in Lateinamerika, vermutlich in Chile. Dann sei da ein fragwürdiges Wesen, ein Folteropfer aus der Colonia Dignidad, der sich schwarz gekleidet und mit Gesichtsmaske versehen in der Stadt aufhalte und verdächtig sei, zwei Morde verübt zu haben. Einen an seinem ehemaligen Peiniger, einem Dr. Michelsen, von dessen Sturz in die Baugrube am Bahnhof der Kollege möglicherweise in der Zeitung gelesen habe, den zweiten an Robert Blankenburg. Seine Frau Bettina sei diesem Mann begegnet und schwöre auf seine Harmlosigkeit und Unschuld. Nur schätze die Polizei das anders ein. Hauptkommissar Parler habe Kontakt zu Frau Blankenburg aufgenommen, aber nicht mehr als abgründigen Hass auf ihren Vater wahrnehmen können. So sei er selber jetzt zum Hilfspolizisten ernannt worden, um vielleicht etwas Licht ins Dunkel dieser ganzen Angelegenheit zu bringen. Das mache ihm keinen Spaß, aber er fühle sich in der Pflicht, aus verschiedenen Gründen. Nun frage er sich, ob es einen Weg gebe, zu Elisabeth Blankenburg vorzudringen und ihr wichtige Auskünfte zu entlocken. Schließlich sei sie in den Augen der Ermittler selber nicht frei von Verdachtsmomenten, bei ihrer ausgeprägten Abneigung ihrem Vater gegenüber. Außerdem sei sie auch nicht frei von Bedrohungen, wenn die Tatverdächtigen nicht nur ihren Vater, sondern am Ende auch sie selber im Visier hätten.

„Dass sie den Tod ihres Vaters auf dem Gewissen hat, halte ich für ausgeschlossen“, meinte Schmidt-Salach. „Ja, sie hasste ihn wirklich, aber nicht erst seit voriger Woche. Das ist eine lange Geschichte, und sie hat gelebt damit seit vielen Jahren und hat es ausgehalten, mit diesem Vater sogar in ein und derselben Stadt zu wohnen. Was natürlich nur funktionierte, weil sie ihm konsequent aus dem Weg ging.“

„Warum bezweifeln Sie, dass sie für die tödliche Aktion mit dem Kissen in Betracht kommt?“

„Einmal, weil sie den Vater dazu hätte besuchen und sehen müssen; und das ging gar nicht. Zum andern, weil sie Gewalt zutiefst verabscheute, aus dem einfachen Grund, weil sie in ihrer Jugend zu viel davon erlitten hatte.“

„Wissen Sie mehr darüber?“

Der Kollege zögerte mit der Antwort, griff nach der Kanne auf dem Beistelltisch und goss Beermann eine Tasse Kaffee ein.

„Es ist heikel für mich, darüber zu reden", erklärte er, „ich habe Elisabeth Blankenburg vor Jahren als Erzieherin eingestellt, jetzt leitet sie unsere Kindertagesstätte, und zwar mit Bravour. Bei den Kindern ist sie sehr beliebt und von den Eltern wird sie geschätzt. Sie hat prachtvolle Ideen für die Arbeit mit Kindern und würde sich im Zweifelsfall für jedes einzelne zerreißen."

„Womit sie unter anderem eigene Negativerfahrungen aus ihrer Kinderzeit kompensiert?"

„Vermutlich, ich denke schon. Jedenfalls ist Frau Blankenburg eine gewissenhafte und unbedingt verlässliche Mitarbeiterin und unser Vertrauen beruht auf Gegenseitigkeit. Das möchte ich nicht aufs Spiel setzen."

„Das verstehe ich natürlich, und ich kann Ihnen versichern, dass ich von Dingen, die ich gegebenenfalls erfahre, keinen Gebrauch machen werde, der Frau Blankenburg schaden könnte."

Schmidt-Salach sah ihn aufmerksam an: „Also gut, betrachten wir's als Gespräch unter Kollegen, erst mal mit dem üblichen Anspruch auf Verschwiegenheit."

„Einverstanden", sagte Beermann.

„Sie werden sich denken können", begann der Kollege, „dass ich nicht allzu viele Einzelheiten weiß. Mehr die großen Linien. Ab und zu hat Frau Blankenburg etwas erzählt, zuletzt bei unserem Gespräch zur Beisetzung ihres Vaters. Dabei hat das Zerwürfnis zwischen ihren Eltern eine maßgebliche Rolle gespielt. Denn irgendwann muss der Mutter in Chile klar geworden sein, in welchem Sumpf von Korruption ihr Mann herumwatete. Sie war erschüttert und stellte ihn zur Rede, was einen Riesenkrach auslöste. Er leugnete alles und beschuldigte sie, ihn ruinieren zu wollen. Sie verlangte, dass er die Karten auf den Tisch legen solle, nicht bloß bei ihr am Familientisch, sondern auch in der Botschaft. Eine Aufforderung zur Selbstanzeige, für die er sich in gar keiner Weise erwärmen konnte. Im Verlauf der Auseinandersetzung kam es wohl dazu, dass er sie schlug und mit drakonischen Maßnahmen drohte, falls sie auf die Idee verfiele, ihn anzuschwärzen. Offenbar schreckte er nicht einmal davor zurück, lebensgefährliche Folgen für ihre Tochter Elisabeth anzukündigen.

Das Klima daheim war damit restlos vergiftet, und Mutter und Tochter durchlebten eine üble Zeit der Kränkungen und der Demütigungen, die sie an den Rand ihrer Kräfte brachten. Schließlich blieb nur der Weg zur Trennung, die Mutter zog aus der gemeinsamen Wohnung aus und nahm die Tochter mit. Gegen den wütenden Protest ihres Mannes, der noch einmal alle Register seiner destruktiven Energien zog. Denn natürlich war es unvermeidlich, dass Blankenburgs Ehekrieg in der Botschaft ruchbar wurde.

Nun hätte sich die Sache mit der vollzogenen Trennung im Grunde beruhigen können. Aber das Gegenteil war der Fall, denn Blankenburgs Frau begnügte sich keinesfalls damit, ihren schändlichen Ehemann losgeworden zu sein. Sie ergriff vielmehr Initiativen, die politischen Aktionen und die kriminellen Winkelzüge ihres Mannes wohl nicht direkt, aber doch indirekt massiv zu bekämpfen. Sie schloss sich der Opposition gegen Augusto Pinochet an und trat einer verdeckten Gruppe bei, die sich ‚Komitee für Gerechtigkeit und Versöhnung' nannte und praktische Hilfe für Verfolgte des Regimes anbot. Elisabeth wusste davon, machte aber nicht mit, weil die Mutter es strikt ablehnte, ihre Tochter in diese gefährlichen Netzwerke einzubeziehen.

Wie man sich leicht ausmalen kann, ging die Sache nicht lange gut. Vermutlich wurde das Komitee verraten, jedenfalls tauchten bei einer Zusammenkunft am Abend plötzlich schwerbewaffnete Männer des Geheimdienstes DINA auf, schleppten die ganze Belegschaft ab und verbrachten sie in diverse Gefangenenlager. Elisabeth weiß es nicht sicher, ist jedoch überzeugt, dass ihre Mutter in die berüchtigten Keller der Colonia gelangte, dort über mehrere Tage gefoltert und umgebracht wurde. Ihre Leiche fand man beim Müllplatz einer Vorstadt von Santiago. Robert Blankenburg sorgte für ihre Beisetzung und spielte den trauernden Witwer. Elisabeth geht aber felsenfest davon aus, dass Blankenburg seiner abtrünnigen Frau auf die Schliche kam und das Komitee höchstpersönlich an die DINA verpfiffen hat."

„Kein Wunder, dass sie mit dem Alten absolut nichts mehr zu

schaffen haben wollte“, sagte Beermann. „Und schon eher ein Wunder, dass sie auch nichts unternommen haben soll, diesen Vater zur Strecke zu bringen.“

18 Bettina hatte sich wieder auf der Bank im kleinen Park niedergelassen, wo sie auf Mateo gestoßen war. Oder er auf sie. Sie war einer Laune gefolgt, möglicherweise einer Eingebung, nicht einem Vorsatz. Mateo mit seinem Schicksal ging ihr einfach nicht aus dem Kopf. Sie hatte das unbestimmte Gefühl, helfen zu sollen, und wusste doch nicht, wie. Daheim hatte sie sich Vokabeln aus dem hervorgekramten Spanisch-Lehrbuch ihres Vaters herausgesucht und zusammen mit ein paar Floskeln des täglichen Umgangs auf einem Zettel notiert: ‚Guten Abend!'; ‚Geht es dir gut?'; ‚Hast du Hunger?' Sie hatte berücksichtigt, dass Mateo nicht reden und nicht lesen konnte, sodass sie die Fragen so stellen musste, dass er mit einem Kopfnicken oder Kopfschütteln antworten konnte.

Erneut hatte sie die frühe Abendstunde gewählt. Tagsüber würde Mateo sich irgendwo verbergen, um nicht entdeckt zu werden. Sollte es ihr überhaupt gelingen, ihm noch einmal zu begegnen, so musste es in den Abendstunden sein und am ehesten genau an dem Platz, wo sie zuletzt zusammengetroffen waren.

Ein lauer Wind spielte in den Büschen. In der Entfernung flammten Straßenlaternen auf, unter denen der übliche Verkehr des auslaufenden Tages dahinflutete. Eine Amsel sang ihr Abendlied. Bettina lauschte, beinahe andächtig. So singt die Unschuld, dachte sie. Es ist die Weise einer Kreatur, die fern von allen Anflügen des Bösen ist. Auch sie lebt nicht mehr im Paradies, aber in ihrer Kehle hat sie ein Stück Paradies hinübergerettet in die verfluchte Menschenwelt.

Bettina griff in ihre Tasche und legte das kleine Silberkreuz mit Kettchen auf ihre Handfläche. Ob Mateo geahnt hatte, was seine Mutter ihm als Andenken überreichte? Ein Sinnbild des Schmerzes, Inbegriff des Unerträglichen. Das Kreuz war ein Folterinstrument, und zwar das schrecklichste und zugleich erhabenste, das es für Christen gab. Um den Hals gehängt, war es etwas Niedliches, ein Schmuckstück, das kaum jemanden irritierte. In der Realität war es ein Ausdruck jener bestialischen Exzesse, zu denen der Mensch imstande ist

– und, von der anderen Seite her betrachtet, ein Bild vom Übermaß der Schmerzen, die über einem wehrlosen Menschen zusammenschlagen können.

Die zahllosen Märtyrerbilder in Kirchen und Museen für mittelalterliche Kunst hatte Bettina immer mit höchst zwiespältigen Gefühlen betrachtet. Die geschundenen Leiber mit qualvollen Verrenkungen ihrer Glieder. Der heilige Sebastian zum Beispiel, ein zumeist schön gestalteter, halb nackter Jüngling, an einen Baum gelehnt und von Pfeilen seiner Widersacher durchbohrt. Solche Bilder verbanden auf merkwürdige Weise das Schöne mit dem Grässlichen, das Grässliche mit dem Schönen und beides mit dem Heiligen. Ihr kam es vor, als sei da eine Lust am Werk, die auf vertrackte Weise an einer Schändung und Verunstaltung des Lebens Gefallen findet.

Einer wie Mateo war ebenfalls Opfer, wenn auch ohne Heiligenschein, den man nachträglich über seinen gemarterten Kopf gehängt hätte. Einer, der seine Folter in einer angeblich religiösen Einrichtung erleiden musste. Unglaublich und skandalös, dass ausgerechnet in christlichen Milieus immer wieder zu Foltermaßnahmen gegriffen wurde. Die alte Inquisition hatte es dabei zu schauderhaften Meisterleistungen gebracht. Wie konnten diejenigen, die im Zeichen des Kreuzes unterwegs waren, übersehen, dass damit jede Art von Folter gerichtet und erledigt sein musste?

Das kleine Silberkreuz behielt Bettina in der Hand, weil sie es Mateo zurückgeben wollte. Die Gabe der Mutter gehörte in seine Hände. Was immer ihn bewogen haben mochte, das Andenken an sie weiterzureichen, sie durfte es nicht bei sich behalten. Sie musste nur einfühlsam vorgehen, um zu vermeiden, dass sie ihm mit der Rückgabe des Geschenks einen unnötigen Stich versetzte.

Die Zeit verstrich, und Bettina realisierte, dass Mateo diesmal nicht erscheinen würde. Sie wartete vergeblich und darüber hinaus sehr ins Unbestimmte hinein. Ihrer Gewohnheit entsprach das nicht. Gewöhnlich schätzte sie das Exakte, das Kalkulierte, gerade Linien, bestimmbare Ziele. Sie wusste gern, wo sie sich befand und wohin sie unterwegs war. Am Ende jedes Tages musste klar sein, welche Aufgaben erledigt waren und welche Vorhaben am nächsten Morgen in Angriff genommen werden sollten. Kritisch verhielt sie sich anderen, besonders aber sich selbst gegenüber. Die meisten Auseinandersetzungen in ihrer Ehe beruhten darauf, dass sie mehr die Seite rationaler, ihr Mann mehr die Seite intuitiver Entscheidungen besetzte. Kinder wollte sie anfangs keine, weil es aus ihrer Sicht zahlreiche Argumente gab, die dagegensprachen. Vor allem wollte es ihr nicht gelingen, sich einen Alltag in mütterlicher Fürsorge und endloser Hingabe an die Familie vorzustellen. Als schließlich die Vorstellung reifte, dass sie es vielleicht doch packen und vor allem ihrem Mann einen Lebenswunsch erfüllen könnte, stellte sich heraus, dass sie kinderlos bleiben mussten. Das Ergebnis warf sie nicht um, sie hatte es beinahe erwartet und fühlte sich im tiefsten Grunde sogar erleichtert.

In diesem Zusammenhang wirkte ihre Begegnung mit Mateo überraschend, auch für sie selber. Offenbar hatte er etwas angerührt in ihr, das sie in Bewegung brachte. Mitleid war ein denkbares, aber nicht sehr zutreffendes Wort dafür. Sie kam sich eher vor wie ein Stück Metall, das von einem Magneten angezogen wird. Dass sie Mateo nahe zu kommen versuchte, geschah unwillkürlich und sprunghaft und entsprach keiner gedanklich organisierten Strategie. Völlig ihrer sonstigen Natur entgegen. Dazu gehörte, dass sie überhaupt nicht zu sagen vermochte, was sie eigentlich von weiteren Begegnungen mit ihm erwartete. Da war etwas Starkes im Gange, das sie innerlich ergriffen hatte, dessen Beschaffenheit ihr aber rätselhaft blieb. So tat sie, was sie nicht lassen konnte, und folgte einem Instinkt, der ihr neu war. –

Als sie durch die Toreinfahrt zum Pfarrhof ging und im Halbdunkel nach dem Hausschlüssel in ihrer Handtasche kramte, verstellte er ihr plötzlich den Weg. Mateo konnte nicht lange nach ihr Ausschau gehalten haben, er atmete heftig wie nach anstrengendem Lauf und vollführte fahrige Bewegungen. Bettina gewann rasch den Eindruck, dass er sich in Not befand und sich auf der Flucht vor Verfolgern hierher gerettet hatte. Er tanzte aufgeregt hin und her und zeigte mit ausgestrecktem Arm zur Einfahrt hinüber, von wo er Bedrohliches zu erwarten schien. Seine schwarze Maske hatte er über die Stirn ins Haar geschoben, und seine flinken Augen suchten nach Gelegenheiten des Entkommens oder des Verstecks. Schon wurde das Motorengeräusch eines Wagens vernehmbar, der in der Toreinfahrt stoppte, das Scheinwerferlicht erlosch. Mateo stand einen Augenblick wie versteinert, und Bettina sah in ein Gesicht, das zusätzlich zu den furchtbaren Narben von Angst gezeichnet war.

Als sie seinem Blick folgte und sich umwandte, erschien ein Streifenpolizist unter dem Bogen der Einfahrt und rückte seine Uniformmütze zurecht. Mateo stöhnte und warf beide Hände vors Gesicht, wie Kinder es tun, die sich verbergen möchten. Bettina griff, ohne zu überlegen, nach seinem Arm und eilte hinüber zur rückwärtigen Turmpforte. Die war wie gewöhnlich unverschlossen und ließ sich von innen mit zwei Riegeln absperren. Mateo folgte ohne Widerstand. Als beide hastig durch die Turmtür geschlüpft waren, riegelte Bettina doppelt ab und lehnte sich an die unverputzten Mauersteine. Was nun? Sie hatte gehandelt, ohne zu überlegen, und befand sich nun mit einem Mordverdächtigen, nach dem die Polizei intensiv fahndete, in einer gemeinsamen Klemme. Denn vor einem sofortigen Zugriff mochte sie den Gesuchten bewahrt haben, in Sicherheit gebracht hatte sie ihn keineswegs. Die Zuflucht, zu der sie sich spontan entschieden hatte, war eine Falle, aus der es kein Entrinnen gab. Sie hatte ihrem Schützling helfen wollen und hatte ihn gefangen gesetzt.

Es überraschte Bettina überhaupt nicht, dass jemand heftig an die verriegelte Tür trommelte und lautstark deren sofortige Öffnung verlangte. Die Tür aufbrechen wollte der Polizist anscheinend noch nicht, einer Gewaltanwendung durch eine Person hätte sie wahrscheinlich auch widerstanden. Aber ein Bollwerk war sie nicht. Außerdem ergab es keinen rechten Sinn, sich zusammen mit Mateo im Kirchturm zu verkriechen. Entweder drang die Polizei ein oder sie ließ sie einfach schmoren in ihrer Mausefalle, bis sie erschöpft aufgaben. So oder so waren sie geliefert.

Mateo hockte vor der alten Steintreppe am Boden und spielte nervös mit seiner Maske. Ihm musste ebenfalls bewusst geworden sein, dass sie sich in eine aussichtslose Lage gerettet hatten. Trotzdem dachte Bettina nicht daran, die Flinte ins Korn zu werfen. Die Tür zu öffnen und Mateo der Polizei auszuliefern kam überhaupt nicht in

Frage. Sie hätte sich nachher nicht mehr im Spiegel anschauen mögen!

Im Obergeschoss gab es ein Turmzimmer, das seit einiger Zeit nicht mehr genutzt wurde, weil man bessere Räumlichkeiten zur Verfügung hatte. Früher hatte der Raum zu Besprechungen im kleinen Kreis gedient, auch als Aufenthaltsort für Jugendgruppen, die hier mit ihrem Lärm niemanden störten. Bettina verschloss auch die Tür, die von der Kirche her in den Turm führte, und stieg mit Mateo die Wendeltreppe zum Turmzimmer hinauf. Von dort aus gelangte man über eine schmale Holzstiege zur Glockenstube darüber.

Das Turmzimmer hatte Glasfenster nach außen, die blind von Alter und Staubschichten waren, aber noch ein wenig vom Licht der Straßenbeleuchtung einließen. Bettina bediente den Lichtschalter, eine kahle Glühbirne an der Decke flammte auf. Breite Eichenbretter bildeten den Fußboden, in der Ecke stand ein runder Tisch mit drei Stühlen. Die Wände waren grob verputzt und an zwei Seiten mit Kunstwerken behängt, Ergebnisse aus Gruppenstunden mit Kindern. Die Blätter waren mit Buntstiften bemalt und mit Klebestreifen auf dem Putz befestigt worden. Sie zeigten kindliche Fantasielandschaften und biblische Szenenbilder. Mose auf dem Berg Sinai war leicht zu erkennen, auch Jesus – oder war es Petrus? – beim Gang übers Wasser. Mateo hatte die Bilder trotz der brenzligen Situation interessiert betrachtet, nun löste er ein Blatt von der Wand und überreichte es ihr. Es stellte den Mann dar, der nach der Gleichniserzählung unter die Räuber gefallen war und dem zunächst niemand beistehen wollte. Niemand von den Zuständigen, den Offiziellen. Der kleine Künstler hatte sich bemüht, den ganzen dramatischen Vorgang in einem einzigen Gemälde zu verdichten. Im Vordergrund lag der Überfallene mit dem Gesicht auf einem Stein, und der Künstler hatte kräftig den Rotstift benutzt, um das Blut unter dem Verletzten wie ein Rinnsal hinwegfließen zu lassen. Im Hintergrund flüchteten Räuber mit ihrer Beute in die Berge, und zu beiden Seiten des Opfers spazierten die eigentlich zuständigen Helfer, die ihre Hilfe verweigerten: der Priester, der an der Unglücksstelle bereits vorübergegangen war, und der Levit, der sich erst näherte, um dann den Beraubten zu ignorieren.

Bettina merkte, dass Mateo sie aufmerksam musterte. Er hatte ihr das Bild nicht zufällig gegeben, er verband eine Botschaft damit. Vermutlich die, dass er sich selber wie der Mensch fühlte, der unter die Räuber gefallen war. Ein Opfer der Gewalt und ein Gezeichneter, an dem man lieber achtlos vorübergeht, als dass man ihm unter die Arme greift und ihn dorthin bringt, wo er leben könnte.

Plötzlich hatte Bettina eine Idee. Sie nahm Platz an dem kleinen Tisch und winkte Mateo, sich auf den Stuhl gegenüber zu setzen. Ihrer Handtasche entnahm sie einen Stift sowie den Notizblock, den sie immer bei sich trug. Sie wusste, dass sie keine begnadete Zeichnerin war, aber für den beabsichtigten Zweck sollte es reichen. Wenn schon keine mündliche oder schriftliche Verständigung mit Mateo möglich war, konnte man's immerhin mit einer Kommunikation über Bilder probieren.

Sie zeichnete ein Haus mit mehreren Stockwerken und großem Eingangsportal. Dann drehte sie das Blatt auf die andere Seite, zeichnete wieder das Haus mit Fenstern, jetzt nur von der Rückfront, und dazu einen Fassadenkletterer, der sich zu den oberen Balkonen hinaufhangelte. Sie legte das Malergebnis vor Mateo auf den Tisch, deutete mit dem Finger zuerst auf den Kletterer im Bild, dann auf ihr Gegenüber und machte ein fragendes Gesicht. Mateo besah sich die Zeichnung, wendete das Blatt nach vorn und nach hinten und schien darüber nachzudenken, was Bettina von ihm wollte. Endlich schüttelte er zögernd den Kopf, begleitet von unschlüssigem Achselzucken. Der ist nicht die Fassade vom ‚Haus Sonnenschein' hinaufgeklettert, dachte Bettina. Er spielt mir auch kein Theater vor. Er begreift nicht mal, was das Ganze bedeuten soll.

Nächster Versuch: Sie zeichnete die Umrisse einer tiefen Baugrube. Auf dem Grund, gleich beim Rand der Ausschachtung, lag eine menschliche Gestalt. Oben war die Abgrenzung zur Grube durchbrochen und ein Mann beugte sich zur Tiefe hinunter. Neben dieses Bild platzierte Bettina einen kleinen Bildausschnitt eines Menschen mit Maske.

Mateo zuckte zusammen und wischte das Blatt mit einer unwilligen Handbewegung beiseite. Der Blick, der Bettina traf, war auf einmal voll Zorn, nicht mehr voll Traurigkeit. Er schob seinen Stuhl mit einem energischen Ruck zurück, stand auf, langte nach Bettinas Zeichnung von der Mördergrube und zerriss sie in kleine Schnipsel. Dabei schaute er sie unausgesetzt vorwurfsvoll an. Dann fasste er seinen Stuhl, stemmte dessen Lehne unter die Klinke der Tür und stieg, ohne Bettina eines weiteren Blickes zu würdigen, die Holzstiege zum Glockenstuhl hinauf.

‚Haus Sonnenschein' und die Kletterei an dessen Rückfront schienen ihm nichts zu sagen, resümierte Bettina. Aber die Sache mit Michelsens Tod in der Bahnhofsbaustelle war ihm zumindest nicht fremd. Seine Reaktion auf die Zeichnung fiel laut aus, jedoch nicht klar. Sie konnte ebenso auf seine Schuld wie auf seine Unschuld hindeuten. War er schuldig, verübelte er Bettina, dass sie ihn überführt hatte. War er unschuldig, war er ihr böse, weil sie ihm einen Mord zutraute. So oder so war er im Bilde. Entweder weil er persönlich beteiligt und am Tatort gewesen war; oder weil ihm jemand von dieser tödlichen Geschichte erzählt hatte. Falls die zweite Möglichkeit zutraf, kam als Berichterstatter und dann auch als mutmaßlicher Täter nur einer in Betracht: der angebliche Journalist Johannes Schreiber. –

Inzwischen hatte sich Parler im Hof vor der Pforte zum Kirchturm aufgebaut und telefonischen Kontakt zu Beermann aufgenommen. Der war mitten in einer ökumenischen Planungssitzung mit Kollegen beider Großkirchen zum Verlauf eines gemeinsamen Pfingstfestes. Parler bat ihn, unverzüglich in seinem Pfarrhof zu erscheinen. Dort spielten sich seltsame Dinge ab. Genaueres könne er im Augenblick nicht verraten. –

In kaum einer Viertelstunde war Beermann zur Stelle.

„Was ist los?", fragte er den Hauptkommissar.

„Der Teufel ist los", erwiderte Parler, „oder, wenn Ihnen das lieber ist, Ihre verehrte Frau Gemahlin."

Beermann sah ihn entgeistert an: „Was reden Sie da für einen Unfug?"

„Na, sagen wir's anders", grinste Parler, „die Szene findet oben im Kirchturm statt. Da gibt der Mann mit der Maske gerade den entstellten Glöckner Quasimodo und Ihre Frau die schöne Zigeunerin Esmeralda."

„Sehr witzig“, brummte Beermann.

Parler grinste immer noch: „Vorläufig beschränken sich die beiden darauf, alles abzusperren und sich auf dem Turm zu verschanzen. Irgendwann werden sie anfangen, Baumaterial herunterzuschmeißen, das da oben vermutlich lagert. Und wenn wir versuchen, die Türen aufzubrechen und zu ihnen vorzudringen, werden sie kochenden Teer die Treppen hinuntergießen.“

Beermann winkte müde ab: „Wir sind nicht im Kino, Herr Parler, und auf Victor Hugo kann ich wahrhaftig auch verzichten. Was wollen Sie machen?“

Parler war unschlüssig: „Im Grunde haben wir Zeit und die Zeit tickt für uns. Durch die Lappen gehen können die beiden uns nicht. Und ich denke mal, dass Ihre Frau nicht in Gefahr ist, weil sie die Absicht verfolgt, den Maskenmann zu schützen. Der wird ihr nichts antun, solange sie keine Dummheiten macht. Das heißt: Dummheiten hat sie schon genug begangen, ohne deren unangenehme Folgen zu überblicken oder auch überblicken zu wollen. Könnten Sie versuchen, sie über Handy zu erreichen und zur Vernunft zu bringen?“

„Vernunft, Herr Parler“, sagte Beermann, „was ist schon vernünftig und was nicht? Sich raushalten aus allen Schwierigkeiten – vernünftig oder nicht? Einem armen Schlucker, der zu Recht oder zu Unrecht von der Polizei gejagt wird, eine Verschnaufpause zu gönnen und eine Chance zu eröffnen – vernünftig oder nicht?“

„Sie hat ihm keine Chance eröffnet“, widersprach Parler, „sie hat ihn in eine Sackgasse manövriert und sich selber dazu. – Was ist, probieren Sie's mit dem Handy?“

„Hat keinen Sinn. Bettina lässt ihr Handy gewöhnlich daheim. Und wenn sie's trotzdem einmal bei sich trägt, hat sie's ausgeschaltet.“

„Sehr praktisch“, schloss Parler und wandte sich von Beermann ab, um einer Dreiergruppe von Polizeibeamten Anweisungen zu erteilen. –

Im Turm hatte Bettina, einem plötzlichen Affekt nachgebend, den Stuhl unter der Türklinke entfernt und war die Holzstiege zum Glockenstuhl emporgeklettert. Mateo kauerte mitten im Taubenmist auf dem Boden. Er hatte seine Totenmaske aufgesetzt und ignorierte ihre Anwesenheit. Bettina kam sich sehr hilflos vor. Sie überlegte, was passieren würde, wenn sie sich neben ihm niederließ und ihren Arm um seine Schultern legte. Würde er sich's gefallen lassen oder sie wegstoßen? Plötzlich wurde ihr siedend heiß. Weshalb hatte Mateo jetzt seine Totenmaske aufgesetzt? Was wollte er ihr damit zeigen? Welchen Wink wollte er ihr zukommen lassen, welche Drohung womöglich? Schon früher einmal war ihr die Doppeldeutigkeit aufgefallen, die mit der Präsentation dieser Maske verbunden war. Sie machte Mateo zu einem Anwalt des Todes, und zwar eines Todes, den er anderen brachte oder den er selber erlitt. Musste sie auf der Hut sein und beginnen, ihn zu fürchten? Oder hatte er längst die Aussichtslosigkeit seiner Rettung auf den Turm erkannt und war entschlossen, sich in die Tiefe zu stürzen, bevor seine Verfolger ihn festnehmen konnten? –

Nach kurzer Beratung mit seinen Kollegen trat Parler erneut auf Beermann zu. „Wir wollen nicht länger untätig abwarten", sagte er. „Ein Vorschlag: Wir öffnen die Tür zum Turm, falls Sie bereit sind, hinaufzusteigen und mit Ihrer Frau zu reden. Sie müssen sie unbedingt dazu bringen, ihre verunglückte Rettungsaktion abzubrechen. Wir halten uns einstweilen zurück, großes Ehrenwort! Machen Sie ihr klar, dass der Mann eine faire Behandlung und eine gewissenhafte Untersuchung zu erwarten hat. Schließlich sind wir nicht vom Geheimdienst und leben nicht in einer Diktatur. Stellt sich heraus, wovon Ihre Frau ja schon eine Weile überzeugt ist, dass er weder den einen noch den anderen Mord auf dem Kerbholz hat, dann hat er gar nichts zu befürchten. Dann ist er in Kürze ein freier Mann und kann gehen, wohin er will."

Beermann musste nicht lange nachdenken. Er war einverstanden. Seine Aufgabe stellte er sich nicht einfach vor, aber er musste sie erledigen. Überzeugungsarbeit zu leisten war ein Geschäft, das im kirchlichen Alltag zu seinen Normalverpflichtungen zählte. Doch Überzeugungsarbeit bei seiner Frau zu leisten war ein Unternehmen mit höchst ungewissem Ausgang. Zu gut kannte er ihre Reaktion, wenn sie das Gefühl hatte, von ihm in eine Richtung gelenkt zu werden, die ihr missfiel.

Für die Polizisten war es keine besondere Schwierigkeit, die altersschwache Turmpforte aufzubrechen. Allerdings ging das nicht ohne beträchtlichen Lärm vor sich, der von den Eingeschlossenen sicher wahrgenommen wurde. Wie würden sie sich verhalten? Beermann nahm zögernd Stufe um Stufe der Wendeltreppe und rief in regelmäßigen Abständen seinen Namen. Er sei allein und wolle nur mit Bettina reden. Die Polizei halte sich zurück, das sei ausgemacht. Diese Botschaft wiederholte er, bis er sicher sein konnte, dass sie bei den Lauschenden oben im Turm angekommen war. –

Schon beim Bersten der Turmpforte war Mateo aufgeschreckt und aufgesprungen. Er horchte angestrengt nach unten, bis Beermanns Stimme zu vernehmen war. Bettina lehnte am achteckigen Mantel der Glockenstube, der von neugotischen Maßwerkfenstern durchbrochen war, und gab sich Mühe, gelassen zu wirken. Mateo pendelte vor den Glocken unruhig hin und her wie ein gefangenes Tier in einem Käfig. Die Totenmaske hatte er sich vom Gesicht gerissen und zornig in eine Ecke geworfen. Sie verbarg nichts mehr und verkündete nichts mehr. Bettina sah, dass Tränen die vernarben Furchen seiner Wangen hinunterliefen, wie spärliche Rinnsale in einem Wüstencanyon. Er ließ es geschehen und versuchte nicht, sie mit der Hand oder mit dem Ärmel fortzuwischen.

Als ob diese Tränen in einem verwüsteten Menschengesicht ein Zeichen bedeuteten, richtete Bettina sich plötzlich auf. Sie nahm ihre Handtasche, zog das kleine Silberkreuz mit Kettchen hervor, das Mateo ihr auf der Parkbank überreicht hatte, und überzeugte sich davon, dass er darauf aufmerksam wurde. Er unterbrach seinen Gang und heftete seinen Blick auf das Kreuz. Bettina legte es wie ein sehr kostbares und zerbrechliches Stück auf ihre Handfläche, dann öffnete sie den Verschluss des Kettchens und legte es sich vorsichtig um den Hals. Das kleine Kreuz hob sie an und berührte es mit den Lippen. Mateo sah wie gebannt zu. Als Bettina langsam zu ihm ging, ohne ihren Blick von seinen Augen abzuwenden, rührte er sich nicht vom Fleck. Alle Unruhe schien mit einem Mal von ihm abgefallen zu sein. Bettina stand nun unmittelbar vor ihm, löste das Kettchen von ihrem Hals und legte es Mateo um. Dazu versuchte sie ein Lächeln, das er allerdings nicht erwiderte. Was ihm widerfuhr, ließ er einfach geschehen.

Beermann war inzwischen in der Turmstube angekommen und wunderte sich über die verstreuten Papierschnipsel auf dem Boden. Waren das Überbleibsel einer vergangenen Kinderstunde oder Zeugnisse einer Auseinandersetzung zwischen Bettina und ihrem Schützling? Er lauschte nach oben und hörte nichts. Stufe um Stufe höher zu steigen fiel ihm schwer. Nicht wegen der körperlichen Anstrengung, sondern aus seelischer Anspannung. Nicht auszudenken, wenn Bettina sich furchtbar geirrt hatte in der Einschätzung des Maskenträgers und nun in der Gewalt eines unberechenbaren Irren war. Beermann hatte schon eine Weile darauf verzichtet, zu rufen und sein Erscheinen anzukündigen. Er verstummte, weil er im Begriff war, in einen besonderen Raum der Stille einzutreten. Er sah die beiden, die er suchte, wie Schattenbilder dicht beieinander vor einem Fensterdurchbruch. Der junge Mann, der keine Maske mehr trug, hatte den Blick zu Boden gesenkt wie jemand, der nichts mehr will und den Dingen ihren Lauf lässt. Den Zeigefinger seiner rechten Hand hatte er in ein Kettchen gehakt, das ihm um den Hals hing und im diffusen Licht der Großstadtnacht ein wenig leuchtete. Beermann atmete auf, von unsichtbaren Lasten befreit.

„Ist es geschafft?“, fragte er endlich leise.

„Ich denke, ja“, sagte Bettina. Sie führte Mateo nahe an die Glocken heran, die ehrwürdig und schwer in ihrem Gestühl hingen, wohltönende Bronzeleiber, die noch von der Vorgängerkirche übrig geblieben waren. Mit dem Knöchel eines Fingers klopfte sie an das Metall, das einen sanften Ton von sich gab. Dann ergriff sie den Klöppel und ließ ihn leicht an die innere Glockenwand schlagen, sodass sich der Klang verstärkte, ohne zu dröhnen. Sie führte Mateo zur zweiten Glocke und ermunterte ihn, ebenfalls den Klöppel zu bewegen und der Glocke einen Klang zu entlocken, während sie selber zur ersten, höher gestimmten Glocke zurückkehrte. ‚Ding‘ machte ihre Glocke, ‚Dang‘ die Glocke ihres Nachbarn, und weil drei Glocken vorhanden waren, näherte sich Beermann wie selbstverständlich der dritten und schlug mit ihr den dunkelsten Ton an. ‚Ding‘, ‚Dang‘, ‚Dong‘ vereinigten sich zu einem melodischen Dreiklang, nur für diese drei in ihrem hohen Turm und für ihr Zusammensein hoch über der Stadt und über allen Aktionen und Passionen der Welt.

„Seid ihr bereit mitzukommen?“, fragte Beermann, als das ungewöhnliche Glockenspiel verklungen war. „Es gibt keine bessere Lösung.“

„Ich weiß“, sagte Bettina. „Allerdings nur unter einer Bedingung: keine Polizeigewalt! Keine Drohgebärden! Keine Handschellen! Mateo kann sich nach den bisherigen Erfahrungen gar keine Festnahme ohne rüde Gewaltanwendung vorstellen und keine Untersuchungsmethoden ohne Folter. Ein gebranntes Kind scheut das Feuer. Das müssen wir akzeptieren, und das müssen auch Parler und seine Leute begreifen. Ich bin bereit, Mateo auszuliefern, weil ich überzeugt bin, dass sich seine Unschuld beweisen lässt. Aber ich gebe ihn nicht direkt in Parlers Hände. Ich erwarte ein ziviles Fahrzeug, und ich werde Mateo begleiten, wenn man ihn zur Untersuchungshaft abtransportiert. Einen Fluchtversuch wird er nicht unternehmen, das weiß ich und dafür bürge ich.“

Beermann nickte und fand alle Bedingungen überlegt und durchführbar. Er versprach, mit Parler zu reden. Bettina möge unbesorgt sein, Parler werde ihren Vorschlägen zustimmen.

Etwa eine halbe Stunde später verließ eine unscheinbare Limousine den Pfarrhof. Im Fond saßen Bettina und Mateo schweigend nebeneinander. Mit Erleichterung beobachtete Bettina, wie Mateo selbstvergessen mit dem Silberkreuz spielte, das am Kettchen um seinen Hals hing.

19 „Es ist mir nicht gelungen, ihn wirklich zu schützen", sagte Bettina traurig und nippte am Weinglas, das Beermann ihr zum Abschied vom Tage eingeschenkt hatte. Ab und zu zelebrierten sie diese Stunde vor der Bettruhe, wenn er von einer Sitzung oder Veranstaltung heimgekehrt war und die Flügel hängen ließ. Dann war Zeit füreinander. Sie konnten zusammensitzen und schweigend dem nervösen Flackern eines Kerzenlichts zuschauen, und sie konnten reden miteinander, wie es den ganzen langen Tag über nicht möglich war. Nicht reden, um nachher zu handeln, sondern reden, um zu begreifen. Es gab so vieles, das die stille Aufforderung enthielt, liebevoll angeschaut und begriffen zu werden, vieles zwischen ihnen und vieles um sie herum. Die heutige Erfahrung mit Mateo gehörte dazu. Bettinas unglückliche Versuche, ihn vor dem Zugriff der Polizei zu bewahren. Mateos Veränderung, der allen Widerstand aufgegeben hatte, ohne zu wissen, was ihm weiter zustoßen würde.

„Du hast versucht, ihn zu schützen, soweit es in deiner Macht lag", sagte Beermann und wusste doch, dass die Bemerkung sie wenig trösten konnte.

„Wenn's darum geht, dass wir eine lebendige Kreatur, ein Tier oder einen Menschen, wirklich schützen möchten, dann entdecken wir erst unsere komplette Ohnmacht, Helmut. Wir greifen in die Luft und machen uns was vor. Denn eigentlich können wir bloß zuschauen, was passiert."

„Ohne dich wär's dem armen Kerl übler ergangen", schob Beermann nach.

„Ich weiß nicht", sagte Bettina. „Mir fällt eine Beobachtung ein, die ich vor paar Wochen machen konnte. Es muss Anfang März gewesen sein. Auf der Terrasse war noch das Vogelhäuschen aufgebaut, das ich zum Winteranfang immer herrichte und reichlich mit Vogelfutter versehe, wie du weißt. Der Winter war eher lau gewesen, aber Ende Februar, Anfang März war ja dann dieses sibirische Hoch mit schneidenden Winden und rekordverdächtigen Minustemperaturen gekommen. Ich hatte mir nachmittags zum Kaffee einen Sessel neben die Terrassentür gerückt und sah dem munteren Treiben draußen zu. Erst war ich hocherfreut und hatte mein Vergnügen an dem Ganzen. Da tummelten sich Blaumeisen, akkurat zwei und zwei wie längst verlobt vor dem anhebenden Frühling. Und dann eine aufgeplusterte Amsel, die das Häuschen ausfüllte und alles kleinere Federvolk vertrieb. Als sie satt war, wagte sich ein Rotkehlchen heran. Es wippte aufgeregt und streckte seine orangefarbene Brust hervor wie ein Heldentenor auf der Bühne. Und endlich ein Schwarm lärmender Spatzen. Spatzen siehst du ja nicht oft allein, sie sind versippt und verbandelt miteinander, eine ruppige Horde und eine verschworene Gemeinschaft. Die fielen nun über mein Vogelhäuschen und seine Vorräte her wie die Hunnen über ein Beute versprechendes Dorf. Köstlich anzusehen.

Aber ich merkte, wie mein Vergnügen beim Zuschauen allmählich weniger wurde und einem Unbehagen wich, denn ich wusste von dem grauen Kater, diesem fettleibigen, ekelhaften Gesellen, der zu unberechenbaren Zeiten durch den Garten streift und immer Jagdlust auf Vögel hat. Erinnerst du dich? Letztes Jahr hat er das Meisenpärchen massakriert, das mit der Aufzucht seiner Jungen beschäftigt war. Ein Federbüschel hab ich unter dem Rosenstock gefunden, die mageren Babyleichen im Nest.

Ja, und nun saß ich da hinter der Fensterscheibe, mit meiner Tasse Kaffee in der Hand, und ich hatte es warm, während draußen eisige Kälte herrschte. Die Vögel sammelten Futter, um gegen die Kälte zu bestehen. Das war notwendig, es war aber auch lebensgefährlich für sie. Vielleicht lauerte der Tod schon in nächster Nähe, auf dem Garagendach nebenan, in der Deckung eines Gebüschs oder hinter der Hausecke. Ich fühlte den plötzlichen Drang, diese Vögel alle miteinander zu schützen, die sich meinem Futterplatz anvertrauten. Es durfte nicht passieren, dass der Kater unverhofft auf der Bildfläche erschien, seine mörderischen Krallen ausfuhr und dem schönen Spiel ein böses Ende setzte. Aber wie sollte ich das anstellen? Ging ich hinaus auf die Terrasse, vertrieb ich sie von ihrem Futterplatz. Abgesehen davon, dass ich in der Kälte nicht lange durchgehalten hätte. Und in meiner warmen Stube konnte ich gar nichts tun, nur zuschauen und hoffen, dass der Kater sich anderswo herumtrieb. Ich wurde richtig erregt und spürte die Ohnmacht in meiner Erregung. Da war ein Schutz dringend geboten, aber ich besaß keine Möglichkeit dazu. Übrigens ging die Sache damals gut aus. Die Vögel wurden satt und flogen davon. Der Kater blieb unsichtbar. Aber ich merkte, dass das mit dem Bewahrungsinstinkt und den Schutzversuchen eine elende Sache sein kann. Nur großes Gefühl, bei erbärmlichem Erfolg."

Beermann sah vor sich hin und musste lächeln.

„Du amüsierst dich", sagte Bettina tadelnd, „nimmst mich mal wieder nicht ernst."

„Doch, doch", verteidigte er sich, „ich lache nicht über dich, ich hatte nur plötzlich ein Bild vor Augen, während du erzählt hast: eine hohe Frau mit langem, bis über die Füße herabreichendem Gewand und einem weiten Mantel, den sie mit beiden Armen zur Rechten und zur Linken hin öffnet. Darunter versammeln und verbergen sich viele bedrohte Personen, vom Bettler bis zum Ordensmann."

„Die Schutzmantelmadonna."

„Richtig. Und da dachte ich, liebe Bettina, die Bereitschaft zu einer Schutzmantelmadonna bringst du anscheinend mit, aber zu ihrer Verwirklichung fehlt dann doch einiges."

Bettina lachte: „Ja, zum Glück! Sonst wäre bestimmt nichts aus uns beiden geworden."

Sie saßen beieinander, und jeder war froh, dass er den anderen hatte. –

„Ob sie Mateo wohl schlimm in die Mangel nehmen?", begann Bettina wieder.

„Erst mal nicht, denke ich. Parler ist kein Unmensch. Aber sie werden Geduld brauchen, weil einem stummen Analphabeten nicht leicht was zu entlocken ist. Auch nicht mit einem spanischen Dolmetscher."

„Man kann Fragen so stellen, dass er mit einem Kopfnicken oder Kopfschütteln antworten kann, und man kann Zeichnungen verwenden."

„Jedenfalls ist das eine mühselige Angelegenheit. Wenn sie

schlau sind, werden sie sich daran erinnern, dass er dir vertraut. Ich bin sicher: früher oder später werden sie sich melden und dich um Hilfe bitten.“

20 In einem Bistro am Marienplatz bestellte Johannes Schreiber einen doppelten Espresso und bat um das örtliche Telefonbuch. Er fand die gewünschte Adresse, tippte die Nummer in sein Smartphone ein und sprach, weil niemand abnahm, eine Nachricht auf den Anrufbeantworter. Dann steckte er das Gerät in seine Jackentasche, leerte die Tasse, zahlte und trat auf den Platz hinaus. Die nächste U-Bahn-Station befand sich in Reichweite, er löste am Fahrkartenautomaten ein Ticket, bestieg die U-Bahn und vermied es, einem Polizeibeamten in Uniform zu nahe zu rücken, der den Haltegriff vor dem Ausstieg umklammerte. Am Hauptbahnhof stieg er in eine S-Bahn nach Ludwigsburg, zog während der Fahrt sein Smartphone aus der Tasche und löschte die letzten Fotos, die er gespeichert hatte.

Im Zentrum von Ludwigsburg stellte er mit einem Blick auf die Uhr fest, dass ihm ausreichend Zeit blieb. Er überquerte den Markt mit den Barockfassaden seiner zwei Kirchen und nahm Platz unter der großen Markise im Außenbereich einer Pizzeria. Zur Lasagne bestellte er einen herben Rotwein und blätterte in seinem Notizbuch, soweit er nicht den regen Fußgängerverkehr auf dem autofreien Platz verfolgte.

Nach dem Essen genehmigte er sich einen Cappuccino und fingerte eine Zigarette aus seinem silbernen Etui, deren Rauch er in tiefen Zügen inhalierte. Niemand, der ihn in diesem Moment beobachtet hätte, wäre auf den Gedanken gekommen, dass er innerlich aufs Höchste angespannt war. Das nervöse Zucken eines Augenlides, das gewöhnlich einsetzte, wenn er unter Stress stand, war selbst aus der Nähe praktisch nicht zu erkennen. Er fühlte es jedoch selber und wertete es als körperliches Signal, nach Möglichkeit seinen Blutdruck herunterzufahren. Wenn das nur so einfach ginge.

Das Taxi setzte ihn auf dem mit Blumenkübeln bestandenen Vorplatz eines Bürohauses ab. Schreiber orientierte sich im Eingangsbereich, nahm den Aufzug zur obersten Etage und ging den Gang entlang bis zu einem Portal mit der Aufschrift ‚Alfred Kunzelmann.

Import/Export‘. Das musste richtig sein. Er traf auf eine junge Frau mit hochgestecktem Haar und weißer Bluse unter einer schwarzen Jacke, die am Rechner saß und in die Tasten tippte. Ja, er sei angemeldet und werde erwartet, antwortete sie auf seine Vorstellung, erhob sich von ihrem Sitz und stöckelte voraus, öffnete eine Tür und bat ihn einzutreten.

Er erkannte einen alten Mann, der den Drehstuhl hinter seinem Schreibtisch zum Fenster gekehrt hatte und sich überhaupt nicht beeilte, seinen Besucher zu begrüßen. Johannes Schreiber räusperte sich vernehmlich, und beim zweiten Mal tat der Sitzende so, als sei ihm die Ankunft seines Gastes erst jetzt aufgefallen. Er erhob sich unter Ächzen und klagte über diesen elenden Rheumatismus, der ihm jede Bewegung zu einer Qual werden lasse. Dann bat er Schreiber, ohne ihm die Hand zu reichen, zu den schweren Ledersesseln in der Zimmerecke. Die Sekretärin servierte Kaffee auf einem dreieckigen Marmortisch – schon wieder ein Kaffee, dachte Schreiber – und zog die Tür des Chefzimmers hinter sich zu.

„Sie heißen also Schreiber“, sagte der Alte, „und möchten ein Interview.“

„Exakt“, erklärte Schreiber, „und es ist sehr liebenswürdig von Ihnen, mir dazu kurzfristig Gelegenheit zu geben.“

„Man tut, was man kann“, murmelte der Alte und putzte sich mit einem Riesentaschentuch geräuschvoll die Nase. „Ich fürchte bloß, dass ich Sie mit meinen mageren Auskünften, die Sie im Wesentlichen bereits meiner Homepage entnehmen können, wenig zufriedenstellen werde.“

Schreiber setzte ein undurchsichtiges Lächeln auf: „Ich bin zuversichtlich, Herr Direktor.“

„Sie geben an, dass Sie Korrespondent bei El Mercurio in Santiago de Chile sind. Eine bekannte und allgemein geschätzte Tageszeitung dort, wenn ich recht im Bilde bin.“

„Sie sind recht im Bilde“, bestätigte Schreiber. „Wer sich in Chile gut informieren möchte, liest selbstverständlich El Mercurio. Wie hier die Süddeutsche oder die Frankfurter Allgemeine.“

„Aber Sie sind Deutscher, zumindest deutschsprachig.“

„Ja, deutschsprachig. Allerdings chilenischer Staatsbürger. Meine Familie ist Ende des 19. Jahrhunderts dort eingewandert und hat die Assimilation nie so weit getrieben, dass sie die deutsche Sprache verlernt hätte. Im Gegenteil, sie war stolz darauf und hat sie gepflegt. Was mir unter anderem die Möglichkeit eröffnete, als Redakteur beim Cóndor, einer deutschsprachigen, im Wochenrhythmus erscheinenden Zeitschrift in Santiago tätig zu werden."

„Und das heutige Interview ..."

„... möchte ich für El Mercurio."

„Gut, schießen Sie los!"

Schreiber zog sein Notizbuch aus der Tasche, blätterte darin herum, als suche er etwas Bestimmtes, das er sich aufgeschrieben hatte, und klopfte mit seinem Stift auf die Marmorplatte des Tisches.

„Herr Direktor Kunzelmann, wir könnten jetzt allerlei Fragen der neueren Handelsbeziehungen zwischen der Bundesrepublik und Chile erörtern, allgemeine Dinge über Volumen und Gegenstände von Export und Import sowie diesbezügliche Prognosen für die Zukunft. Das ergäbe sicher einen interessanten Beitrag für den Wirtschaftsteil unseres Blattes. Aber dafür sitze ich nicht hier. Ich recherchiere für die politische Sparte. Vornehmlich politische Kriminalität, in Vergangenheit und Gegenwart. Sie wissen, dass das Militärregime unter Pinochet lange vorbei ist. Seine Verbrechen aber sind lange noch nicht befriedigend aufgearbeitet."

Kunzelmann sackte sichtlich in seinem dicken Sessel zusammen und atmete schwer: „Davon haben Sie nichts angedeutet, als Sie ein Interview wünschten."

„Wie sollte ich auch?", fragte Schreiber sanft. „Sie hätten mich schon bei den ersten bescheidenen Hinweisen kalt abfahren lassen."

„Ich hätte keinen Anlass gesehen, mich mit Ihnen zu unterhalten", betonte Kunzelmann.

„Eben. Und deshalb musste ich mir diesen kleinen Umweg erlauben."

„Ich fordere Sie auf, diesen Raum sofort zu verlassen", sagte Kunzelmann.

„Pardon", entgegnete Schreiber, „Sie werden doch einem

schlichten Versuch zur Wahrheitsermittlung nicht im Wege stehen wollen. El Mercurio ist, wie erwähnt, eine sehr geschätzte und einflussreiche Tageszeitung, die zweifellos auch bei jedem Ihrer Geschäftspartner auf dem Schreibtisch liegt. Hässliches über Sie würde Ihren Beziehungen nicht bekommen."

„Was wollen Sie?", knurrte Kunzelmann.

„Ihre Gegenwart interessiert mich nicht", sagte Schreiber. „Was immer Sie an legalen oder weniger legalen Transaktionen betreiben, ist mir im Augenblick egal. Mich beschäftigt Ihre Vergangenheit."

„Meine Vergangenheit?"

„Ihre Vergangenheit als Alfred Blankenburg. Sie haben Ihren Namen geändert."

Kunzelmann zwang sich zu einem kurzen, krächzenden Lachen: „Was sollte unstatthaft oder auch nur auffällig an einer Namensänderung sein? Früher hat jede Frau bei ihrer Hochzeit den Mädchennamen aufgegeben. Neuerdings nehmen ab und zu auch Männer die Namen ihrer Frauen an. Praktische Gleichberechtigung!"

„Ja, ich weiß. Sie haben noch im vorgerückten Alter eine Industriellenwitwe geehelicht und deren Namen angenommen."

„Und das interessiert Sie?"

„Es interessiert mich sogar sehr. Weil nämlich ein gewisser Alfred Blankenburg der Bruder, um genau zu sein: der Zwillingsbruder eines gewissen Robert Blankenburg ist, der vor wenigen Tagen im Stuttgarter Seniorenstift ‚Haus Sonnenschein' tragisch ums Leben gekommen ist."

„Sie kennen sich ja gut aus ..."

„Man tut, was man kann. – Den Verdacht, dass es Sie geben könnte, trug ich schon einige Zeit mit mir herum, bis ich auf den eindeutigen Beweis stieß."

„Ach – und wie, wenn ich fragen darf?" Kunzelmann konnte bei aller Reserviertheit eine flackernde Neugier nicht verheimlichen.

„Ich habe in verschiedenen Stuttgarter Pfarrämtern die Taufregister aus den dreißiger Jahren eingesehen, soweit sie noch erhalten waren. Über Robert Blankenburg wusste ich, dass er Mitte der dreißiger Jahre in dieser Stadt geboren sein musste. Und siehe da, ich hatte

Glück. In einem Pfarramt stieß ich auf die Eintragung seiner Taufe. Aber was mich bei dieser Entdeckung besonders elektrisierte, war die Tatsache, dass es sich um eine Doppeltaufe handelte. Die Taufe der Zwillingsbrüder Blankenburg."

„Bravo", sagte Kunzelmann matt. „Und was fangen Sie nun damit an? Wie sind Sie überhaupt draufgekommen, dass Alfred Kunzelmann früher einmal – mit Mädchennamen sozusagen – Alfred Blankenburg geheißen hat?"

„Sehr einfach. Über Ihre Nichte. Elisabeth Blankenburg hat ihren Vater gehasst und ihren Onkel auch nicht gerade ins Herz geschlossen. Sie hat mir mit grimmigem Vergnügen Auskunft erteilt, als ihr klar wurde, dass ich Ihnen ein bisschen auf den Zahn fühlen würde."

„Sie ist eine Schlampe."

„Mit dieser Ansicht dürften Sie ziemlich alleine dastehen! Vor allem mag sie Kinder. Deshalb geht ihr gewaltig gegen den Strich, was an Gewalt und Grausamkeit gegen Kinder verübt wird."

„Wieso erwähnen Sie das?"

„Ach wissen Sie, wir haben dort in Santiago seit ein paar Jahren ein neues Museum, das Museo de la Memoria y los Derechos Humanos, zur Erinnerung an die Verbrechen und die Opfer der Pinochet-Ära. Joachim Gauck hat es übrigens besucht während seiner Zeit als Bundespräsident. Die Chilenen haben lange gebraucht, diese Stätte zu wollen. Manche wollen sie immer noch nicht, weil die Sache mit der Erinnerung doch sehr beunruhigend sein kann. Und belastend. Denn andere könnten leicht drauf stoßen, dass man mit Fäden und Strängen seiner persönlichen Geschichte dahinein verwoben ist.

Man betritt diesen modernen Bau über die Plaza de la Memoria im Untergeschoss. Sinnreiche Architektur. Man muss in den Untergrund, um zu den Gewalttaten des Terrors vorzudringen. In der großen Ausstellungshalle sind dann alle aufgereiht mit Namen und Bildern: die Verfolgten und Verschwundenen, die Gefolterten und Ermordeten, lange Reihen, unzählige Daten, Männer, Frauen, Kinder. Da finden Sie unter anderem die Namen von Carmen und Rodrigo, die von Mitgliedern des Militärs auf offener Straße mit Benzin übergossen und abgefackelt wurden, wobei der Junge grässlich umkam."

„Warum erzählen Sie mir das alles?"

„Weil kein Terror lebensfähig ist ohne Unterstützung von außen. Auch der Staatsterror nicht. Pinochets Mörderbanden brauchten Stellungen, wo sie ihr widerliches Handwerk betreiben konnten. Zum Beispiel die Colonia Dignidad, nicht weit von Santiago gelegen. Und sie brauchten Waffen, schwere und leichte. Sturmgewehre, Granaten, Pistolen, aber auch gepanzerte Fahrzeuge, Flieger."

„Ich verstehe immer noch nicht ..."

„Doch, doch, Herr Direktor, Sie verstehen sehr gut. Sie wissen, dass Ihr edler Bruder Robert damals zum Personal der deutschen Botschaft in Santiago gehörte und seine Position zu schmierigen Kontakten und krummen Geschäften missbrauchte. Agenten der DINA waren seine Kumpane, und übers große Wasser schaffte er Gerät heran, das nicht für Friedenszwecke bestimmt war. Um das möglichst unauffällig und effektiv zu gestalten, benötigte er in Europa, am besten in Deutschland, einen verlässlichen Partner, der für die Beschaffung und Versendung des verbotenen Materials verantwortlich war. Und diesen verlässlichen Partner fand Robert Blankenburg in seinem geschäftstüchtigen Bruder Alfred."

Schreiber verstummte, und sein Gegenüber blickte ihn feindselig an. „Behauptungen", sagte er und strengte sich an, überlegen und spöttisch zu klingen. „Sie tischen lauter Behauptungen auf, weil sie scharf sind auf einen Zeitungsartikel, der der staunenden Leserschaft eine Sensation serviert und ganz nebenbei aus einem namenlosen Schreiber – nomen est omen – einen bekannten Enthüllungsjournalisten macht. Zecken! Ihr von der Presse seid doch alle wie die Zecken: auflauern, festbeißen, Blut saugen und vor allem Gift absondern. Aber nicht mit mir! Ich habe eine weiße Weste, weil nichts, aber auch gar nichts gegen mich vorliegt."

„Richtig. Über diesen Punkt müssen wir uns nicht streiten. Gegen Sie liegt tatsächlich nichts vor. Aber genau das ist ja die Schweinerei. Die Herren, die mit sauberer Weste und geblümter Krawatte hinter ihren Mahagonitischen thronen und sich ihrem Lieblingssport hingeben, nämlich Geld zu scheffeln, die muss man hervorholen aus ihren Verstecken und vor Gericht zerren, damit sie endlich abgestraft werden."

Kunzelmann versuchte es nun mit der Offensive. „Sie waren es! Schreiber, Sie waren es, der meinen Bruder im Seniorenheim umgebracht hat. Sie sind ein Killer! Sie haben sich in eine verrückte Theorie verrannt und spielen jetzt den großen Rächer. Ich verständige sofort die Polizei, damit Sie außer Gefecht gesetzt werden."

„Einen Moment noch, Herr Direktor, einen kleinen Augenblick, dann können Sie ruhig zum Hörer greifen. – Ich bin Ihnen noch eine Erklärung dafür schuldig, warum ich Ihnen so hartnäckig und lustvoll – ja, durchaus auch lustvoll – auf den Fersen bin. Ich tue das nämlich in Erinnerung an meinen Vater, der zu den ‚Verschwundenen' im damaligen Chile zählt. Er war politisch entschieden für Allende und gegen Pinochet und schloss sich in Santiago einer Gruppe an, die sich ‚Komitee für Gerechtigkeit und Versöhnung' nannte. In dieser Gruppe traf er mit Ines zusammen, der Mutter von Elisabeth Blankenburg, Ihrer Schwägerin, die sich von ihrem Mann getrennt hatte. Die beiden verliebten sich und wurden ein Paar. Aber das Glück blieb ihnen nicht lange hold. Als Leute des Geheimdienstes das Untergrundnest aushoben, wurden beide verschleppt. Den schrecklich zugerichteten Leichnam von Ines fand man später bei einer vorstädtischen Mülldeponie, mein Vater blieb verschollen. Ich gehe davon aus, dass er ebenfalls in die Foltermühlen des Regimes geraten und in einem Bunker der Colonia ermordet worden ist. – So, das ist alles. Ich gehe und versichere Ihnen: lockerlassen werde ich nicht. Ich will Sie unter Anklage vor Gericht sehen. Und vergessen Sie nicht, jetzt die Polizei zu alarmieren!"

21

Bettina ließ sich nicht erweichen.

Nein, auf keinen Fall erscheine sie in der Haftanstalt, um Mateo hinter Gittern zu sehen und in einem kahlen Besprechungszimmer unter Polizeiaufsicht mit ihm zu sprechen. Doch, sie habe ein Interesse daran, dem jungen Mann zu helfen, aber nicht den Handlangern der Anklage, die ihm partout zwei Morde anhängen wollten.

Parler redete wie mit Engelszungen, und Beermann freute sich, dass er wieder einmal richtig gelegen hatte. Man würde mit dem gefangenen Mateo nicht weiterkommen und sich auf die einzige Person besinnen, zu der er ein gewisses Vertrauen gefasst hatte.

Einem Kompromiss, den Bettina schließlich vorschlug, konnte Parler zustimmen. Sie würden Mateo ins Café Am Schlossgarten bringen, natürlich unter dezenter Polizeibewachung, und dort sollte Bettina in einer ruhigen Ecke auf den Tatverdächtigen einwirken, bis der sich zu einem Geständnis durchringen konnte. Das Café Am Schlossgarten hatte Bettina gewählt, weil es einen Steinwurf weit von der Baugrube entfernt lag, in der Michelsen – so oder so – zu Tode gestürzt war. Vielleicht würde die Nähe zu diesem Ort und Geschehen, das Mateo offenbar kannte, etwas in ihm auslösen, ihn zu irgendeiner Form von Kooperation bewegen.

Beermann bestand darauf, seine Frau zu begleiten, und Bettina erwiderte, sie finde das rührend, aber auch übertrieben. Sie benötige keine moralische Unterstützung. Mateo werde sich zahm verhalten wie ein Lamm, und Parler mit seinen Allüren könne sie nicht ins Bockshorn jagen. Egal, sagte Beermann, ob es ihr nun gefalle oder nicht, er werde mitkommen. Er verspreche ihr hoch und heilig, dass er sich bei ihrer Begegnung mit Mateo nahezu unsichtbar im Hintergrund herumdrücken werde.

Auf dem Kommissariat informierte Parler sie über den Stand der Dinge. Mateo benehme sich unauffällig, aber auch stur wie ein Muli. Sogar mithilfe eines spanisch sprechenden Untersuchungsbeamten sei ihm keine Auskunft abzutrotzen gewesen. Er sei nicht nur stumm, sondern verweigere sich auch total. Ein harter Brocken. Mit seiner Verstümmelung sei er natürlich furchtbar gezeichnet und vermutlich traumatisiert, doch auch der Psychologe komme keinen Schritt voran, geschweige denn zu einem Ergebnis, weil er aus dem Schweigen einer reglosen Puppe keine Schlüsse ziehen könne. Für ihn selber habe sich die Sache im Grunde erledigt. Mateo habe sowohl an der Baugrube als auch im Seniorenheim brutal zugeschlagen, weil er beide, Michelsen auf die eine und Blankenburg auf die andere Weise, für schuldig an seinem traurigen Schicksal hielt. Ein Zusammenhang zwischen beiden Fällen lasse sich nicht leugnen, und der Verdacht gegen Mateo lege sich nahe wie der Mief nach einem faulen Furz. Dieser grobe Vergleich ließ darauf schließen, dass bei Parler die Nerven allmählich blanklagen.

Beermann hatte auch etwas Neues zu berichten. Kurz vor der Fahrt zum Kommissariat hätten sie einen Text auf ihrem Anrufbeantworter gefunden von Johannes Schreiber, den Parler womöglich, sehr zum Schaden seiner Ermittlungen, bereits vergessen habe. Dieser Schreiber habe sich am Telefon als Mateos Bekannter geoutet, der oft gemeinsam mit dem jungen Mann unterwegs gewesen sei. Jetzt habe er ihn aber aus den Augen verloren und wisse nicht, was ihm zugestoßen sei. Womöglich sei er sogar der Polizei ins Netz gegangen. Weil er wisse, dass Mateo mit Frau Beermann auf gutem Fuß stehe, die ihn anscheinend stark an seine verstorbene Mutter erinnere, baue er, Schreiber, nun auf ihre Unterstützung. Sie dürfe den Jungen nicht den Mühlen der Polizei und Justiz überlassen. Eine Kurzschlusshandlung des Verdächtigten sei dann nicht auszuschließen, obwohl er unschuldig sei. Mateo habe weder Michelsen zu Tode gestürzt noch Blankenburg erstickt. Zu solchen Gewalttaten sei er völlig außerstande. Das vermute er nicht, das wisse er.

Mit einem skeptischen Wiegen seines Hauptes unterstrich Parler, dass er nicht beeindruckt war.

„Schreiber ist natürlich eine unbekannte Nummer in der Lotterie", sagte er, „doch sein Versuch, sich als Entlastungszeuge zu empfehlen, erscheint mir doch recht kläglich."

„Das wäre vielleicht dann der Fall, wenn er höchstpersönlich bei

Ihnen aufgetaucht wäre", meinte Beermann. „Dass er sich nicht direkt an die Polizei, sondern an uns gewendet hat, und auch dies nur aus der Distanz, spricht nach meinem Eindruck aber dafür, dass Schreiber sich aus guten Gründen bedeckt hält. Irgendwie ist er an den Verbrechen beteiligt."

„Sie müssen nicht die Rolle des Staatsanwalts ausfüllen", entschied Parler unwillig, „jedem Schuster seine Leisten! Übrigens, Sie haben mir noch nicht gesagt, was Ihre Erkundungen bezüglich Elisabeth Blankenburgs ergeben haben."

„Nichts, Herr Hauptkommissar. Persönlich habe ich sie gar nicht gesprochen. Der Kollege Schmidt-Salach war sich jedoch vollständig sicher, dass sie für die Tat im Seniorenheim keinesfalls infrage kommt. Zwar hat sie ihren Erzeuger von Herzen gehasst, aber nicht weniger sind ihr, aufgrund ihrer persönlichen Geschichte, Gewaltakte jeder Art zuwider. Außerdem würde damit noch nicht erklärt, weshalb Frau Blankenburg erst jetzt und nicht schon vor Jahren die Beseitigung ihres Vaters in Angriff genommen hat."

„Na ja, mag sein", befand Parler, „trotzdem ... Sollte sich, womit ich nicht rechne, am Ende herausstellen, dass Mateo wirklich nicht die Fassade vom ‚Haus Sonnenschein' hinaufgeturnt ist, dann muss diese Kita-Leiterin sich warm anziehen."

„Oder Johannes Schreiber."

„Ach, bedrängen Sie mich doch nicht mit diesem Schreiber. Ein Journalist, der für ein Blatt in Südamerika recherchiert. Na und? Er wird mit seiner Reporternase da und dort ein wenig herumschnüffeln, aber doch nicht Leute um die Ecke bringen, die er ausforschen will."

Beermann verzichtete auf neuen Widerspruch. Er musste nicht Parlers Kastanien aus dem Feuer holen und sich dabei die Finger verbrennen. Deshalb beschloss er, von nun an Bettina das Feld zu überlassen.

Die zeigte sich unverzüglich bereit dazu.

Allerdings war es eine herbe Enttäuschung für sie zu erfahren, dass Parler inzwischen von ihrer Idee eines Treffens im Schlossgartencafé abgerückt war. „Ist nicht zu machen", erklärte er kategorisch.

„Wenn da etwas schiefliefe, käme ich in Teufels Küche. Er braucht ja bloß mit seinem Frankenstein-Gesicht an den alten Damen vorbeizugehen, die an ihren Kaffeetassen nippen und Schwarzwälder Kirschtorte löffeln, schon gerät die eine oder andere in Panik und schreit den ganzen Laden zusammen."

„Sie hatten das Treffen dort versprochen", beharrte Bettina.

„Ja, unter Druck und ohne genauer nachzudenken", bestätigte Parler. „Es ist wirklich ganz unmöglich, tut mir leid."

Bettina fühlte sich geprellt und wurde bockig. „Dann können wir unsre Versammlung ja aufheben", sagte sie schnippisch, „Helmut und ich trollen uns, und Sie können sich hinsetzen und Däumchen drehen, weil es Ihnen nicht gelingen wird, aus Mateo auch nur die dünnste Information herauszukitzeln."

„Frau Beermann", probierte es Parler mit Demut, „ich weiß ja, dass Ihr Vorschlag eigentlich ganz einleuchtend war, und ich will ihn auch gar nicht in seiner Gesamtheit zurückweisen. Das Schlossgartencafé hatten Sie ja mit Bedacht gewählt, ganz in der Nähe ist das mutmaßliche Verbrechen geschehen. Deshalb schlage ich vor, dass wir dort direkt einen Lokaltermin arrangieren. Sie veranlassen Mateo, mit Ihnen den Punkt am Baustellenzaun anzusehen, wo Michelsen abgestürzt ist. Ihnen wird er vielleicht folgen, und wenn wir Glück haben, wird er Ihnen zeigen, wie die Sache vor sich gegangen ist."

Bettina überlegte kurz und nickte.

Parler beeilte sich, den Untersuchungshäftling herbeizuschaffen. Mateo trat ein, ohne Handschellen und ohne Maske. Bettina sah, wie ein Lächeln über sein zerfurchtes Gesicht huschte, das sich jedoch rasch wieder verlief. Trotzdem schien Mateo nicht unglücklich zu sein, sie wiederzusehen. Bettina erhob sich und nahm ihn bei der Hand, was er sich widerstandslos gefallen ließ. Sie setzte ihn an den Tisch, holte den Notizblock aus ihrer Tasche, den er bereits kannte, sah ihm ernst in die Augen und fing an zu zeichnen. Mit wenigen Strichen hielt sie die Konturen einer Baugrube fest, umgeben von einem Sicherheitszaun. Neben diese einfache Skizze malte sie ein großes Fragezeichen. Mateo verstand sofort. Mit dem Finger tippte er mehrmals auf das bedeutungsvolle Fragezeichen und nickte bekräftigend dazu. Bettina gab ihm mit Gebärden zu verstehen, dass sie miteinander dorthin gehen und die Stelle ansehen sollten. Er zögerte zunächst, stimmte dann jedoch zu.

Der Baustellenlärm war beträchtlich. In der Grube schaufelten Bagger ausgehobenes Erdreich auf Lastwagen, gewaltige Stahlträger wurden mit Donnerschlägen in den Boden gerammt. Es gibt nichts Brutaleres als moderne Baumaschinen, dachte Bettina, und sie übertreffen einander in der technischen Entwicklung ebenso wie in ihrer Monstrosität. Bis vor Kurzem hatte man ein manchen lächerlich erscheinendes Theater um den Juchtenkäfer gemacht, der unter Naturschutz steht und in einzelnen Bäumen des Schlossgartens angetroffen wurde. Rodungsarbeiten mussten ausgesetzt werden, bis man die kleinen Krabbler zusammengelesen und anderswo beheimatet hatte. Nun brach man ungerührt Mutter Erde den entblößten Leib auf, ohne sich um die klaffenden Wunden zu scheren, die man ihr zufügte.

Parler hatte es so eingerichtet, dass Bettina und Mateo anscheinend allein den Fußweg und die Stege am Bauzaun entlanggingen, während sie von seinen Leuten in die Mitte genommen wurden. Zwei Polizisten in Zivil liefen voraus, zwei weitere, dazu Parler und Beermann, folgten. Als die vorgesehene Stelle erreicht war, hielten alle an. Mateo schaute wie gebannt in die Tiefe und ließ Bettinas Hand nicht los. Die Wachtleute wahrten Abstand und benahmen sich auf angestrengte Weise unbeteiligt. Beermann bangte um seine Frau und bewunderte sie zugleich. Er konnte beobachten, wie sie auf Mateo einredete und ihn mit Zeichen und Gesten zu bewegen versuchte, den Handlungsablauf darzustellen, um den es ging. Mateo sah sie an, trat einen Schritt zurück, näherte sich wieder der Abzäunung, schaute in die Grube und schien intensiv nachzudenken. Beermann überkam schon das Gefühl, ihr ganzes Experiment werde kläglich scheitern und sie müssten ohne Ergebnis den Rückzug antreten, als Mateo sich plötzlich von Bettina löste und sich zehn, fünfzehn Schritte von ihr entfernte. Ein paar Passanten ließ er vorbei und wartete, bis mit einer kurzen Zeit ohne Publikumsverkehr zu rechnen war.

Dann lieferte er ein Glanzstück seiner pantomimischen Begabung. Die Aufführung dauerte höchstens eine Minute und hatte die

Klarheit eines schriftlichen Dokuments. Beermann verstand auf Anhieb, was Mateo spielte, und Bettina musste es ebenso gehen. Sogar dem Hauptkommissar mit seiner eingebauten Skepsis konnte der dargestellte Ablauf mit seiner Aussagekraft nicht verborgen geblieben sein.

Danach dürfte sich etwa Folgendes abgespielt haben: Oberhalb der Baugrube waren Michelsen und Mateo aufeinandergestoßen. Michelsen sah in das zerstörte Gesicht, für das er selber verantwortlich war. Es traf ihn wie ein Schock. Er wandte sich entsetzt von Mateo ab, rannte am Zaun entlang davon und stürzte bei der Wegbiegung in die Tiefe.

Warum, darüber konnte nur gemutmaßt werden. Möglicherweise aus Unachtsamkeit in seiner plötzlichen Konfusion. Vielleicht aber auch mit Absicht. So oder so war sein Tod die Folge eines Unfalls, nicht eines geplanten Mordes. Es sei denn, man rechnete Mateo als Schuld zu, dass er Michelsen sein entstelltes Gesicht vorgeführt hatte.

Später saßen Beermann und Bettina mit Parler in der Anstaltskantine zusammen und überdachten ihren Testversuch. Parler wirkte in sich gekehrt und beschäftigt mit einer persönlichen Revision seiner bisherigen Vermutungen, die er nicht ohne Weiteres aufgeben mochte.

„Ein exzellenter Schauspieler ist er, das muss ich zugeben“, sagte er leise. „Aber Schauspielerei liefert keinen Wahrheitsbeweis. Oftmals genau das Gegenteil. Trotzdem, ich unterstelle dem Jungen keine betrügerische Absicht. Dass Michelsen aus der Fassung geriet, als er die Fratze sah, die er selber verschuldet hatte, ist plausibel.“

„Und dass er sich in panischem Entsetzen in den Tod stürzte, ebenfalls“, ergänzte Bettina. „Er muss es nicht einmal gewollt haben. Bei seiner Flucht könnte er einfach die Kurve nicht gekriegt haben.“

„Allerdings ist da noch die Sache mit dem Heimprospekt vom ‚Haus Sonnenschein‘, den ich unter Michelsens Schreibtischlampe gefunden habe“, sagte Parler nach einer Pause. „Aber die ist womöglich ganz bedeutungslos.“

„Glaube ich nicht“, warf Beermann ein. „Seit Tagen beschäftigt mich dieser Prospekt, und ich vermute stark, dass er mit unserer merkwürdigen Geschichte zu tun hat. Ich habe sogar eine Hypothese dazu."

„Ach ja?", tat Parler erstaunt.

„Sehen Sie, es ist doch auffällig, dass ich ziemlich lädiert in der Klinik liege, aufwendig verarztet werde und der behandelnde Internist spätabends an meinem Krankenbett zu beichten anfängt. Und nicht genug damit. Er stellt sich sogar nach meiner Entlassung privat im Pfarrhaus ein, um seine Beichte zu vollenden. Gut, dass Vertreter gewisser Professionen anders erlebt und behandelt werden als sonstige Personen, weiß man ja. Ein Arzt bei einer Vernissage muss immer darauf gefasst sein, dass irgendjemand unter den Gästen ihn über seine jüngsten Prostatabeschwerden ausfragt. Ein Anwalt wird totsicher von einem Verkehrssünder belästigt, der sich über die Höhe seines Strafmandats entrüstet. Nicht anders beim Pfarrer. Du liegst platt auf dem Rücken und kannst dich vor Herzschwäche kaum rühren, aber der Internist erkennt die Gunst der Stunde und breitet vor dir aus, was er schon immer mal einem Pfarrer vortragen wollte."

„Also war nichts Auffälliges dabei", kommentierte Parler.

„Eben doch", beharrte Beermann. „Ich bin bestimmt nicht der einzige Pfarrer, der Dr. Michelsen in den vergangenen Jahren über den Weg gelaufen ist oder auf seinem Behandlungstisch gelegen hat. Warum hat er so lange geschwiegen und fängt jetzt auf einmal an zu erzählen? Offenbar steht er unter einem solchen Druck, dass er sogar bei mir daheim nachholt, was im Krankenhaus nicht abzuschließen war."

„Sie werden uns gleich Ihre Hypothese verraten."

„Ja. Ich denke, bei Michelsen könnte sich Redebedarf eingestellt haben, weil er tatsächlich schwer unter Druck geraten war. Und zwar durch niemand anderen als unseren geheimnisvollen Journalisten Schreiber, den die Fahndung immer noch nicht so recht im Visier zu haben scheint." Beermann konnte sich diese Bemerkung nicht verkneifen, was Parler mit einem ungehaltenen Blick kommentierte.

„Schreiber", fuhr Beermann fort, „ist zusammen mit Mateo ins Land und in die Stadt gereist und recherchiert im Zusammenhang diverser Schweinereien aus den Jahren der chilenischen Militärjunta.

Weil er mit Mateo zusammen ist, weiß er von dessen Leidensgeschichte. Außerdem weiß er vermutlich nicht nur von Robert Blankenburg aus der damaligen deutschen Botschaft in Santiago, sondern auch von einem gewissen Dr. Michelsen, der als Jugendlicher in der Colonia Dignidad das Gesicht seines jungen Freundes verstümmelt hat und längst als angesehener Arzt in Deutschland tätig ist. Sein Gedanke ist, Michelsens schlechtes Gewissen aufzurühren und es in Bewegung zu bringen gegen einen Drahtzieher der bestialischen Vorgänge im Pinochet-Chile, eben den alten Blankenburg, dessen Aufenthalt in einem Seniorenheim er ausgekundschaftet hat. Darum schickt er ihm einen Prospekt vom ‚Haus Sonnenschein', sicher mit einem begleitenden Text, den Michelsen wahrscheinlich vernichtet hat. In diesem Begleitschreiben stellt er sich vor und teilt mit, zu welchem Zweck er sich in der Stadt befindet. Dazu erwähnt er, dass Mateo in seiner Nähe ist, ein junger Mann, der sich sehr gut, aber leider mit Grausen an Michelsens frühe Übungen in der Gesichtschirurgie erinnert."

Parler schaute nachdenklich: „Eine wirklich interessante Hypothese, Herr Beermann. Nur – Michelsen mag Schreibers Post empfangen haben, in Schreibers Sinne agiert hat er nicht, denn er lag bereits tot auf dem Grund der Baugrube, als Blankenburg noch unversehrt – jedenfalls nicht als Opfer eines plötzlichen Gewaltaktes – in seinem Seniorenbett ruhte."

„Weiß ich", knurrte Beermann, „ich will ja auch nicht darauf hinaus, dass Michelsen für den Tod des alten Halunken im ‚Haus Sonnenschein' verantwortlich ist. Nur eine Erklärung für den Heimprospekt auf seinem Schreibtisch wollte ich geben und dass da eine Verbindung zwischen Michelsen und Schreiber zustande gekommen sein könnte. Mehr nicht."

22 Auf dem kurz geschnittenen Rasen unterhalb des Solitude-Schlösschens lagerten Familiengruppen aus aller Herren Länder. Ein kleiner Kosmos aus Ethnien, die nebeneinander, nicht wirklich miteinander, Freiheit und Frühling genossen.

Beermann hatte sich nach dem Konfirmandenunterricht aufs Rad gesetzt und das Weite gesucht. Er hatte sich in Schweiß gestrampelt und nun in wohliger Erschöpfung einen Ruheplatz mit Blick über die Ebene gewählt, über die breite Schneise hinunter, die früher als schnurgerade Allee von der Solitude bis zum barocken Prachtschloss in Ludwigsburg geführt hatte. Der Sonnenkönig mit seinem Versailles war leuchtendes Vorbild, hier und anderswo. Doch die absolutistischen Herrscher mit ihrem Hang zum Übermaß in allen Dingen hatten immerhin Kultur besessen und sie auf ihre Weise gefördert. Die neuzeitlichen Diktatoren dagegen, die sich meist als Armeeoffiziere an die Macht geputscht hatten, waren völlig kulturlose Existenzen. Sie kamen aus dem Nichts, donnerten ihr Nichts auf zu bombastischen Gestalten – beispielhaft in Hitlers gigantischen Bauprogrammen – und verbreiteten nur Nichtiges. Macht um ihrer selbst willen ist inhaltsleer, stupide und darum kulturfeindlich. Gleichgültig, wo – in einem Deutschland unter Hitler oder einem Chile unter Pinochet.

Ob es wohl Urerlebnisse gibt, die Leben und Lebenslauf eines Menschen konditionieren, über Jahre und Jahrzehnte hinweg, überlegte Beermann. Prägungen, die so tief in einem sitzen, dass man sie niemals los wird? Bei ihm war das seine übertriebene Pünktlichkeit, ein banales Beispiel. Er schätzte es nicht nur, pünktlich zu sein, er konnte gar nicht anders. Das technische Gerät, auf das er am wenigsten verzichten mochte, war seine Uhr. Ohne sie drohte das Chaos. Verspätungen ertrug er kaum. Irgendwann war er zum Ergebnis gekommen, dass seine zwanghafte Pünktlichkeit mit einem Urerlebnis zusammenhängen musste, sogar einem Urerlebnis zum frühestmöglich denkbaren Zeitpunkt. Denn seine Geburt hatte sich dramatisch verzögert. Die hochschwangere Mutter war mit besorgtem Familienbeistand dreimal innerhalb von drei Wochen zur Entbindung in die Klinik geeilt, um immer wieder unverrichteter Dinge nach Hause geschickt zu werden. Dabei ging es nicht einmal um ihr erstes Kind, sondern um ihr viertes. An ihr und ihrer Erfahrung konnte es also nicht gelegen haben, sondern ausschließlich an ihm selber. Er verpasste das Datum, das für ihn bestimmt war, die Welt zu begrüßen; und dies um ein Beträchtliches. Dass er seine Mutter samt Angehörigen an den Rand der Verzweiflung getrieben hatte, war ein unverzeihliches Versäumnis, das anscheinend ein Leben lang kompensiert werden musste durch äußerst gewissenhafte Pünktlichkeit.

Urerfahrungen mit Prägekraft für eine ganze Biografie: ließen sie sich nicht mehr oder weniger bei jedem Menschen aufdecken? Ein Johannes Schreiber, ein Mateo, ein Dr. Michelsen – waren bei ihnen nicht ebenfalls Urerlebnisse auszumachen, die ihren Lebensweg steuerten?

Bei Mateo zweifellos, auch wenn er noch jung war. Als Kind so furchtbar verunstaltet zu werden hieß, man war und blieb ein Gezeichneter fürs Leben und kämpfte sein Leben lang dagegen an, mit geeigneten oder ungeeigneten Mitteln. Außerdem hatte er seine Mutter verloren, vermutlich den einzigen Menschen, der ihn vorbehaltlos geliebt hatte, trotz seiner grässlichen Blessuren.

Oder Dr. Michelsen, Mateos im Wesentlichen unfreiwilliger Peiniger im Krankenhaus der Colonia. War es verwunderlich, dass diese für ihn selber ebenso erschütternde wie bestimmende Urerfahrung Impulse auslöste, die ihn zum Mediziner und praktischen Arzt in einer Klinik werden ließen?

Oder Johannes Schreiber? Hatte er nicht den Weg zum Enthüllungsjournalisten eingeschlagen, weil ihn ein Urerlebnis aus seiner Kindheit oder Jugend dazu trieb? Beermann wusste nicht, welches Erlebnis es gewesen war, wo es stattgefunden hatte und wer die beteiligten Personen gewesen waren. Aber es musste sich um ein Erlebnis von beträchtlicher Prägekraft handeln, in dem es Opfer und Schuldige, wahrscheinlich bislang noch unentdeckte und nicht abgestrafte Schuldige gab.

Und schließlich Elisabeth Blankenburg. Die Tochter eines korrupten Vaters, der ihre Kindheit verdüstert hatte. Jetzt, so bezeugte der Kollege Schmidt-Salach, sei sie eine hervorragende Leiterin der Kindertagesstätte, begabt mit einer großen Liebe für alle Kinder.

Elisabeth Blankenburg. Beermann sah zu den Schönwetterwolken auf, die wie eisige Berge in der Sonne leuchteten. War es richtig gewesen, auf einen persönlichen Besuch bei Blankenburgs Tochter zu verzichten, nachdem Schmidt-Salach sich in Lobeshymnen über ihre Person ausgelassen hatte? Es könnte sich lohnen, nachzuholen, was bisher versäumt wurde. Vielleicht war Elisabeth Blankenburg imstande, noch fehlende Bruchstücke zur Vollendung des schwierigen Puzzles beizutragen. –

Beermann nahm sich vor, sie aufzusuchen, ohne seinen Besuch anzukündigen. Davon versprach er sich mehr Auskunftsbereitschaft, als wenn er überraschend bei ihr auftauchte. Außerdem würde sie so keine Zeit haben, sich die Dinge nach ihrem Geschmack zurechtzulegen. Deshalb kam er am nächsten Tag in die Kindertagesstätte, als die Betreuungszeit zu Ende war und die Erzieherinnen aufräumten. Im Vorraum hing ein einsamer kleiner Anorak an den niedrig angebrachten Kleiderhaken, und sofort trat eine junge Erzieherin auf ihn zu: „Ah, Sie sind sicher Jonathans Großvater. Wir haben Sie schon erwartet. Er ist der einzige, der noch nicht abgeholt wurde."

„Nein, Jonathans Großvater bin ich nicht", erwiderte Beermann, „genau genommen sogar überhaupt kein Großvater. Leider."

„Was nicht ist, kann ja noch werden", tröstete die Erzieherin, und Beermann erklärte, dass er gern die Leiterin gesprochen hätte.

Der Weg zu ihrem Büro führte durch den großen Aufenthaltsraum. An einem Tischchen saß Jonathan und blickte nicht auf, weil er in eine komplizierte Baukonstruktion mit Legosteinen vertieft war.

Beermann klopfte an die Bürotür und trat ein. Vor ihm, mit dem Gesicht zum offenen Fenster, saß Elisabeth Blankenburg und sortierte beschriftete und gelochte Blätter in einen Aktenordner. Sie war eine schlanke, beinahe hagere Person mit streng nach hinten gekämmtem, in einem Pferdeschwanz zusammengerafften Haar. Als sie von ihrem Ordner hochschaute, sah Beermann ein schmales Gesicht mit markanter Mundpartie, aus der die Schneidezähne auffällig vorstanden. Keine Schönheit, dachte er, und in ihren Kindertagen war eine

Zahnspange entweder nicht verfügbar oder sie hatte sie abgelehnt. Ihr Blick, der ein beachtliches Durchsetzungsvermögen verhieß, sprach durchaus für die zweite Möglichkeit.

Beermann schloss die Tür, stellte sich vor und fragte, ob er ein paar Minuten ihrer Zeit in Anspruch nehmen dürfe.

„Sie haben sich nicht angemeldet – oder?“, fragte Elisabeth Blankenburg in einem Ton, in dem Vorwurf mitschwang.

„Nein, das nicht“, sagte Beermann, „aber ich soll Sie von Mateo grüßen.“

Auf dem Weg hierher hatte er diesen Augenblick in Gedanken durchgespielt. Er würde sie mit einer völlig unvorhersehbaren Mitteilung überraschen, daher musste er alle Sinne schärfen, um genau zu registrieren, wie sie sich verhielt. Würde sie sich durch einen übereilten Satz, ein unkontrolliertes Mienenspiel verraten? Oder würde sie zum Pokerface imstande sein und ihm zu verstehen geben, dass er die verkehrte Adresse angelaufen habe?

Elisabeth Blankenburg tat nicht das eine und nicht das andere. Sie überraschte vielmehr Beermann dadurch, dass ihr Tränen in die Augen stiegen und sie ein Tuch aus der Tasche zog, um ihr Gesicht zu bedecken. Kein Wort kam über ihre Lippen. Beermann erschrak und fühlte sich auf einmal sehr elend in seiner Rolle. Er hatte sich einen anscheinend pfiffigen Plan zurechtgelegt, um die Erzieherin zu übertölpeln, und nun war er nichts weiter als ein schäbiger Trickser, der auf seinen Vorteil bedacht war, ohne die Gefühle seiner Gesprächspartnerin zu achten. Mit sich selbst hadernd, stand er unschlüssig herum. Schließlich ging er ans Fenster und schloss es leise. Dann schaute er hinaus auf den Spielplatz: den unvermeidlichen Sandkasten, in dem bunte Plastikeimerchen und Backförmchen herumlagen, eine Schaukel, ein Holzhäuschen zum Verstecken, mit Tür und Fenstern und mit einem kleinen Balkon. Auf dem Rasenstück hatte man einen Fußball vergessen, und am Ende der Rutsche lag eine rote Strickmütze, die jemand in sausender Fahrt verloren haben musste.

„Was ist mit Mateo?“, hörte Beermann eine zaghafte Stimme in seinem Rücken. Er drehte sich um und fand Elisabeth Blankenburg gefasst. Ihre beiden Hände lagen zusammengefaltet auf der Tischplatte.

„Nehmen Sie doch bitte Platz“, ergänzte sie und stopfte das Tuch zurück in ihre Tasche. „Geht es ihm gut? Was wissen Sie von dem Jungen? Wo steckt er überhaupt?“ Die überstürzten Fragen signalisierten den Grad ihrer Aufgeregtheit.

„Es geht ihm gut“, beteuerte Beermann, „aber er ist nicht frei. Er befindet sich in Untersuchungshaft. Meine Frau hat alles riskiert, ihn davor zu bewahren, aber sie hatte kein Glück. Seine Untersuchungshaft wird er noch eine Weile aushalten müssen, es besteht jedoch Hoffnung, dass seine Unschuld bewiesen werden kann. Erste Ergebnisse in dieser Richtung liegen vor.“

Beermann berichtete ausführlich, wie die Dinge um Mateos Festnahme und beim Ortstermin bei der Bahnhofsbaugrube abgelaufen waren. Elisabeth Blankenburg hörte aufmerksam zu und unterbrach ihn an keiner Stelle. Als er geendet hatte, sah sie vor sich hin und sagte: „Es gibt Menschen, die gezeichnet sind. Über ihnen hängt immer eine Wolke. Eine Schicksalswolke, in der ein ständiges Gewitter herrscht. Und dann strömt und hagelt es herunter unter Blitz und Donner und verzieht sich höchstens für kurze Zeit, um sich neu aufzuladen.“

Beermann nickte und wagte einen kleinen Vorstoß: „Ist Mateo eigentlich nur zu bedauern – oder hat er auch etwas falsch gemacht, was meinen Sie?“

„Falsch gemacht!“, echote Elisabeth Blankenburg bitter. „Natürlich hat er alles falsch gemacht. Er ist zur falschen Zeit am falschen Ort gewesen, wie man so schön sagt, als man sein Gesicht mit Feuer und Eisen zerschnitten hat. Falsch war, dass er nach dem Tod seiner Mutter die Schule versäumte und sich in ein Asyl für mittellose Waisen abschieben ließ. Dort machte er falsch, dass er nicht die Chance ergriff, irgendetwas zu lernen. Falsch war auch, dass er einem gewissen Herrn Michelsen einfach nicht verzeihen konnte, was der mit ihm angestellt hatte. Und falsch war es, nach Deutschland und hierher in die Stadt zu kommen, wo nichts Gutes für ihn zu erwarten war.“

„Wie ist er denn überhaupt hierhergekommen?“, fragte Beermann.

Frau Blankenburg sah ihn forschend an: „Aber das müssten Sie doch verstanden haben. Mit Johannes Schreiber natürlich.“

„Sie kennen Johannes Schreiber?"

„Seit einigen Tagen, ja. Er ist sogar mein Stiefbruder, ich wusste aber nichts davon. Meine Mutter und sein Vater sind sich im Widerstand gegen das chilenische Militärregime nähergekommen. Beide hatten da schon Kinder. Meine Mutter mich und Vater Schreiber seinen Johannes. Von dessen Existenz habe ich erst erfahren, als er auf dem Weg nach Deutschland war."

„Um Aufräumungsarbeiten zu erledigen, die nach Pinochets Ende da und dort liegen geblieben waren."

„Kann man so sagen."

„Ist Ihnen bekannt, ob er dieses Aufräumen nur mit journalistischen Methoden durchführen wollte – oder vielleicht auch mit anderen, brachialen Mitteln?"

„Er ist kein Mensch der brachialen Mittel. Dagegen ausgestattet mit einem sehr empfindlichen Sinn für Gerechtigkeit. Dass Menschen ungeschoren herumlaufen, die längst hinter Gitter gehört hätten, ist ihm unerträglich. Besonders wenn, wie in seinem Fall, Angehörige betroffen sind. Er wird nicht ruhen, bis er die, die noch am Leben sind und ihre miese Vergangenheit abgeschüttelt haben wie ein Köter das Wasser aus seinem Fell, ausgekundschaftet und zur Strecke gebracht hat."

„Er war Ihrem Vater auf der Spur?"

„Ja – und dessen Bruder."

„Ihr Vater hatte einen Bruder, der in seine chilenischen Schmuggelaffären verwickelt war?"

„Einen Zwillingsbruder, ja. Alfred Kunzelmann. Den Namen hat er sich vor paar Jahren zugelegt, aus einem gewissen Tarnungsinteresse heraus, denke ich. Die Eheschließung mit einer betuchten Witwe bot ihm Gelegenheit dazu."

„Sie haben Kontakt zu Ihrem Onkel?"

„Nein. Er kann mir gestohlen bleiben, und wenn ihm jetzt eingeheizt wird, bin ich sehr einverstanden damit."

„Ihm wird eingeheizt?"

„Johannes Schreiber hat mir gesagt, dass er ihn aufsuchen möchte. Ich konnte ihm die Adresse nennen."

23 ‚Klangfüller' nannten es Jugendliche, die im Untergeschoss des Gemeindezentrums ihre Verstärkerboxen quälten, bis es der Nachbarschaft auf die Nerven ging. Die bemühte ab und zu die Polizei, die das rockende Völkchen beruhigen und den Anrainern zum Nachtschlaf verhelfen sollte. Klangfülle. Es bringt doch nichts, wenn sich bloß aus einer Raumecke zart besaitete Töne hervorwagen und unterwegs zu den Ohren der Zuhörer verhungern, lautete die Erklärung der jungen Leute. Der Raum muss vollgepumpt sein mit Klängen, in denen du dich bewegst wie ein Taucher in der Wassermasse. Nicht nur das Ohr, der ganze Körper soll ergriffen und massiert werden. Du musst mitten in der Musik existieren, distanzlos, von ihr getrieben und von ihr getragen, dann erst wird sie zu einem Erlebnis.

‚Von allen Seiten umgibst du mich', hatte Beermann daraufhin bemerkt, und die Jugendlichen hatten gemeint, genau das sei es, exakt das, und als Beermann einwandte, das sei eine Aussage über Gott, waren sie gar nicht irritiert, sondern fanden: Gott und Rock – warum nicht beides?

Jetzt hatte Beermann im Wohnzimmer seine Stereoanlage ebenfalls kräftig aufgedreht. Bei Brahms Deutschem Requiem musste das sein. Eine Musik in Vollendung, wie er empfand. Eine, die Himmel und Hölle umfasste und die Menschenwelt zwischendrin mit ihren Höhen und Tiefen. In den nächsten Tagen sollte das Requiem in der Stiftskirche zur Aufführung kommen, und Beermann gönnte sich am Samstagabend schon mal einen feierlichen Vorgeschmack darauf.

Er verfügte über eine Einspielung mit Simon Rattle und den Berliner Philharmonikern. Thomas Quasthoff sang, verhalten und eindringlich zugleich, die Psalmverse ‚Herr, lehre doch mich, dass es ein Ende mit mir haben muss'. Die Christusworte ‚Ihr habt nun Traurigkeit, aber ich will euch wiedersehen' hatte Brahms einer Frauenstimme zugedacht, einem leuchtenden Sopran, der sich über alle Schatten von Trauer und Schmerz erhob. Diese Stimme unterlegte der Chor mit dem Prophetenwort ‚Ich will euch trösten, wie einen seine Mutter tröstet'.

Als nach kurzer Pause das Orchester erneut mit aller Kraft einsetzte, sodass Beermann sich vorkam wie eingehüllt in Klangwelten, stand plötzlich Bettina in der Tür. Sie trug das Telefon in der Hand und deutete darauf zum Zeichen, dass jemand Beermann zu sprechen wünschte. Er nahm den Apparat entgegen und schaltete die Musik ab.

„Ja, hier Beermann", sagte er.

„Schreiber", hörte er zu seinem Erstaunen, „Johannes Schreiber. Sie kennen mich nicht persönlich, aber Sie wissen, dass es mich gibt. Elisabeth Blankenburg hat geplaudert."

„Ein wenig, ja. Vorher sind Sie aber schon bei uns im Pfarramt aufgetaucht."

„Um ein altes Taufregister einzusehen, ja."

Beermann begann sich allmählich zu ärgern: „Sagen Sie, Herr Schreiber, was wollen Sie? Was wollen Sie von mir und was wollen Sie überhaupt?"

„Gerechtigkeit."

„Ein großes Wort. – Wissen Sie, dass die Polizei inzwischen nach Ihnen fahndet? Wegen Mord oder wenigstens wegen Anstiftung zum Mord?"

„Weiß ich", tönte es aus dem Hörer. „Deshalb muss ich mich ja auch verborgen halten, so gut es geht. Lange wird mir das nicht mehr gelingen."

„Warum stellen Sie sich dann nicht gleich?"

„Alles hat seine Zeit, Herr Pfarrer. Und die Zeit, mich aufs Polizeirevier zu begeben, ist noch nicht gekommen."

„Wann kommt sie?"

„Wenn ich mit meinen Recherchen fertig bin. – Vorher allerdings würde ich gern mit Ihnen sprechen. Geht das? Können Sie sich vorstellen, heimlich mit einem Tatverdächtigen zusammenzutreffen, ohne Begleitschutz durch die Polizei und auch ohne Garantie auf körperliche Unversehrtheit?"

„Sie machen es spannend."

„Es ist spannend, Herr Pfarrer, jedenfalls für mich. Ich brauche jemanden, dem ich vertrauen kann."

„Und dabei bin ich Ihnen eingefallen?"

„Genau. Was soll werden, wenn man nicht mal mehr einem Pfarrer vertrauen kann?"

Beermann war viel zu neugierig, um sich ein Rendezvous mit Johannes Schreiber entgehen zu lassen. Sie vereinbarten einen Kontakt noch am selben Abend in einem Bistro am Marienplatz. Auch ohne Nelke im Knopfloch würde man einander erkennen. –

Am runden Tisch beim großen Fenster des Bistros saß jemand, der sich eine Ausgabe von El Mercurio vors Gesicht hielt und las. Beermann setzte sich an den Tisch und sagte: „Hinter jedem El Mercurio steckt ein kluger Kopf."

Schreiber nahm die Zeitung herunter und lachte: „Ein gutes Blatt, Herr Pfarrer. Lohnt immer die Lektüre."

„Weil Johannes Schreiber zur Redaktion gehört?"

„Gewiss. Aber nicht allein. Außerdem gehöre ich im engeren Sinne gar nicht zum Redaktionsteam. Ich arbeite als Korrespondent, da komme ich viel herum in der Welt."

„Zum Beispiel nach Deutschland."

„Richtig. Übrigens nicht zum ersten Mal. Eine Reise nach Deutschland ist eine Reise in die familiäre und die nationale Vergangenheit. Mit allen Zwiespältigkeiten, die solchen Reisen in die Vergangenheit eigen sind."

„Weil man da auf Dinge stößt, die anscheinend begraben, aber nicht erledigt sind?"

„So ungefähr."

Beermann bestellte sich ein Pils und Schreiber einen Kaffee. Dann musterten sie einander. Schreiber trug eine leicht getönte Hornbrille und einen Oberlippenbart anstelle des früheren Dreitagebarts, einen grauen Anzug mit rot-weiß gefleckter Krawatte und einen mächtigen Siegelring an der rechten Hand, der Beermann auffiel.

„Vermutlich sage ich Ihnen nichts Neues, Herr Pfarrer, aber Sie haben eine bemerkenswerte Frau."

„Bettina", nickte Beermann, „gebenedeit unter den Weibern. Aber nicht immer umweltverträglich."

Schreiber lächelte: „Die Zeiten erzwungener weiblicher Demut und Überanpassung sind sogar in Lateinamerika vorüber, wenigstens in den Städten."

„Was schätzen Sie an meiner Frau?"

„Ich kenne sie ja gar nicht. Bloß über Mateo, und der verehrt sie wie eine Madonna."

„Weshalb?"

„Sie ist ihm begegnet wie eine Erscheinung der Madonna, hat er mir zu verstehen gegeben. Nicht nur, aber wohl auch, weil sie äußerlich eine gewisse Ähnlichkeit mit seiner Mutter haben muss. Und dann hat sie sich seiner angenommen. Hat auf ihn gewartet, hat ihn beschützt und ihm das Gefühl gegeben, es befinde sich jemand in dieser fremden Stadt und in diesem fremden Land, dem er sich anvertrauen könne."

„Ja, so ähnlich empfindet Bettina das wohl auch."

„Weiß sie, wo Mateo sich aufhält? Wie es ihm geht? Der Junge ist mir verloren gegangen. Vielleicht hätte ich besser auf ihn achten sollen, aber festbinden lässt er sich nicht. Immer wieder zieht er auf und davon, streunt in der Gegend herum und sucht nach Dingen, die er nicht finden wird."

„Mateo befindet sich in Untersuchungshaft", sagte Beermann.

Schreiber schien nicht überrascht zu sein: „Ich ahnte es. – Wie behandelt man ihn?"

„Korrekt, nehme ich an. Der Verdacht gegen ihn wiegt jedoch schwer. Zweifacher Mord, das ist kein Pappenstiel."

„Denkt Ihre Frau auch, dass er schuldig ist?"

„Nein, die nicht."

„Und Sie selber mögen sich dem Urteil Ihrer Frau nicht anschließen?"

Beermann antworte nicht sofort. Er sah Bettina vor sich, wie sie leidenschaftlich für Mateo eintrat, sich sogar mit ihm im Kirchturm verschanzte, um der Polizei zu entkommen. Er bewunderte sie deswegen und konnte ihr trotzdem nicht vorbehaltlos zustimmen.

Er erzählte Schreiber von Mateos Festnahme. Wie Bettina ihn zu retten versuchte und sie beide im Turm der herbeigeeilten Polizeigewalt trotzten. Es sei ein aussichtsloser Versuch gewesen, aber Bettina habe ihn riskiert. Als ihr klar geworden sei, dass sie aufgeben musste, habe sie Bedingungen ausgehandelt, die Mateos Abtransport erträglich machten. Er habe sich dann nicht gesträubt.

„Er hat Dr. Michelsen nicht umgebracht“, stieß Schreiber hervor.

„Wahrscheinlich nicht“, bestätigte Beermann. „Bettina hat einen Ortstermin durchgesetzt, bei dem Mateo deutlich entlastet wurde. Er hat Michelsen wohl getroffen, aber nicht in die Baugrube gestoßen.“

Schreiber reagierte erleichtert und lächelte sogar: „Sehen Sie?“

„Leider bleibt der Fall Robert Blankenburg. Sein Tod war eindeutig kein Unfall, sondern Mord. Und Mateo ist dringend tatverdächtig. An der Rückfront des Pflegeheims die Fassade hinaufgeklettert zu sein und das Fenster zu Blankenburgs Zimmer aufgebrochen zu haben, das wird ihm zugetraut. Vielleicht mit der Variante, dass er die Tat nicht aus eigenem Antrieb durchführte, sondern dazu angestiftet, um nicht zu sagen: dazu abgerichtet wurde.“

Schreiber hielt Beermanns bohrendem Blick stand. Er nahm einen Schluck aus seiner Kaffeetasse, drehte nachdenklich den Siegelring an seinem Finger und sagte: „Herr Pfarrer, lassen Sie mich erzählen. Ich will mich nicht rechtfertigen und auch nicht herausreden, aber ich möchte, dass Sie einige Zusammenhänge verstehen.

„Gern“, sagte Beermann.

„Santiago ist eine wunderbare Stadt. Zwischen den hoch ansteigenden Anden im Osten und dem Gebirgsstreifen im Westen, der dem Meer vorgelagert ist, füllt sie ein breites Tal aus. Heute ist sie zusammen mit ihren Vorstädten eine Metropole mit gut sechs Millionen Einwohnern. Quirlig und laut wie alle Städte Lateinamerikas und durchmischt von zahlreichen Ethnien. Riesige Favelas wie in Brasilien gibt’s nicht, dazu ist Santiago in seiner Gesamtheit viel zu europäisch. Aber Armenviertel haben sich in einigen Bezirken trotzdem angesiedelt wie Pocken auf der gesunden Haut. Zum Beispiel an den Rändern von Providencia. Dort war ich als Reporter unterwegs, um über das Leben der Armen in ihren Blechhütten zu berichten. Und dabei bin ich Mateo begegnet. Er war aus einem Waisenhaus entlaufen und schlug sich in der Anonymität des Armenviertels durch, sicher auch mit kleinen Diebeszügen durch die Geschäfte und Supermärkte der Stadt. Er trug eine Gesichtsmaske, um seine Narben zu verdecken, und konnte nicht reden, weil man ihm die Zunge gekappt hatte. Eine armselige Kreatur und ein Opfer zynischer Gewalt. Die Verbrechensgeschichte der Colonia Dignidad verband uns miteinander, auch wenn sie uns sehr unterschiedlich getroffen hatte. Wir bildeten schnell eine Art kleiner Schicksalsgemeinschaft, und Mateo erwies sich als derart anhänglich, dass ich ihn nicht wieder loswurde. Ich nahm ihn zu mir und adoptierte ihn gewissermaßen. Reden konnten wir zwar nicht miteinander, doch wir entwickelten schnell ein kommunikatives System aus Lauten und Gebärden, das immer besser funktionierte. Danach wurde eine Verständigung zwischen uns ziemlich problemlos.

Von Elisabeth Blankenburg wissen Sie, dass mein Vater von Pinochets Mörderbanden verschleppt und wahrscheinlich auf dem Terrain der Colonia gefoltert und getötet worden ist. Die näheren Umstände sind bis heute nicht bekannt. Natürlich hat es in Chile Prozesse gegen Pinochets Handlanger gegeben, aber ob auch diejenigen zur Rechenschaft gezogen wurden, die meinen Vater auf dem Gewissen haben, kann keiner sagen. Ich wollte es nach Möglichkeit trotzdem herausbekommen. Bei meinen Recherchen geriet ich immer wieder in Sackgassen und stieß an dicke Mauern des Schweigens. Bis ich den Blankenburgs auf die Spur kam. Die hatten jede Menge Dreck am Stecken und erfreuten sich eines unbehelligten Lebens mitten in Europa. Als ehrbare Bürger der ehrenwerten Stadt Stuttgart.

Ich rede von den Blankenburgs, aber in Santiago hatte ich nur Kenntnis von Robert, dem ehemaligen Angehörigen der deutschen Botschaft. Ich fand heraus, dass seine Tochter Elisabeth ebenfalls in Stuttgart wohnte, und beschloss, mit ihr Kontakt aufzunehmen. Das schien eine Reise wert zu sein. Ich erzählte Mateo von meinen Plänen, er war sofort entflammt und wollte mit. Zuerst hatte ich Bedenken, willigte aber schließlich ein. Mateo besorgte sich zusätzlich zu seiner dunklen Gesichtsmaske eine bleiche, ziemlich schauerlich wirkende Totenmaske. Als ich ihn fragte, wozu er das Ding mitnehmen wolle, gab er mir zu verstehen, es passe gut zu seinem Gesicht und zu seinem Leben.

In Stuttgart angekommen, suchten wir zuerst Elisabeth auf, entdeckten unsere gemeinsame Geschichte und übernachteten auch ein paar Tage bei ihr, bis wir in einer kleinen, unauffälligen Pension unterkommen konnten. Von Elisabeth erfuhr ich, dass Robert Blankenburgs Zwillingsbruder in Ludwigsburg wohnt, allerdings mit geändertem Namen und im Unterschied zu Robert bei leidlicher Gesundheit und nach wie vor engagiert in einträglichen Geschäften. Es war nicht schwer zu erkennen, mit welch großem und lange aufgestautem Hass Elisabeth gegen ihren Vater erfüllt war, und ich wunderte mich nur, dass sie bislang noch nichts gegen ihn unternommen hatte."

„Das haben Sie dann geändert", warf Beermann ein.

Schreiber verzog das Gesicht und schüttelte den Kopf: „Herr Pfarrer, bitte keine voreiligen Schlüsse. Robert Blankenburgs Tod könnten mindestens drei Personen herbeigeführt haben: ich selber, Mateo und Elisabeth. Das ist, oberflächlich betrachtet, die Lage. Aber was machen Sie, wenn sich herausstellt, dass es keiner von uns war? Sondern vielleicht eine gestresste Pflegerin im Heim, die die Nase gestrichen voll hatte von dem unsäglichen Alten und sich im Affekt endgültig Ruhe verschaffte?"

„Was haben Sie weiter vor?", erkundigte sich Beermann.

„Dafür sorgen, dass Mateo so schnell wie möglich freikommt."

„Das wird umgehend geschehen, wenn der wahre Täter erkannt und gefasst ist."

„Richtig. Aber vorher muss noch der feine Zwillingsbruder, dieser Alfred mit seinem neuen Nachnamen, an den Pranger gestellt werden."

„Mit Gewalt oder mithilfe der Journalistenfeder?"

„Ich werde sehen, was sich machen lässt. Die zweite Variante gefällt mir bedeutend besser."

Beermann verabschiedete sich, und Schreiber bat ihn, Bettina zu grüßen, ihr zu danken und mit ihr zusammen zu überlegen, was sie zu Mateos Hafterleichterung beitragen könnten. –

Draußen auf dem Platz empfand Beermann plötzlich einen ungewohnten Schwindel. Er ging ein paar Schritte weiter und suchte Halt am Geländer, das zur U-Bahn-Station hinunterführte. Dort sank er zu Boden und hatte das Gefühl, dass sich Bauten und Lichter langsam um ihn drehten. Wie er aufgefunden, betreut und mit einem Sanitätswagen in die Klinik gebracht wurde, entzog sich seiner Wahrnehmung. Er wurde wach, als Tageslicht durchs Fenster strömte und Bettina an seiner Bettstelle wachte.

„Guten Morgen", sagte sie leise.

Beermann drehte den Kopf, um festzustellen, dass er nicht daheim, sondern im Krankenhaus lag.

„Schon wieder?", fragte er ängstlich.

„Schon wieder", bestätigte Bettina. „Akute Herzschwäche. Immerhin nicht so gravierend wie beim letzten Mal."

„Also kann ich hier wieder raus?"

„Nicht so hastig, Helmut. Man wird dir einen Herzschrittmacher verpassen."

„So ein Ding, mit dem man nicht durch elektronische Kontrollschleusen darf?"

„So ein Ding, mit dem man hundert Jahre alt werden kann, wenn man sonst keinen tödlichen Unfug anstellt."

„Ich stelle nie Unfug an, Bettina, und einen tödlichen schon gar nicht."

„Ja, ja", sagte sie und legte eine gelbe Tulpenknospe auf seine Bettdecke.

24 Die Prozedur zog sich hin. EKG, Röntgen, die Apparatemedizin hatte ihn wieder fest im Griff und Beermann fühlte sich ausgeliefert und müde. Dann der Eingriff im OP, lokale Betäubung, Pflegepersonal, das an ihm und um ihn herum hantierte, um Keimfreiheit zu garantieren, der Arzt mit Gesichtsschutz, sein gutes Zureden, damit der Patient Vertrauen fasse und sich mit Skalpell und Nadel bearbeiten lasse, der Schnitt unterhalb der linken Schulter, Einpassung des sensiblen Geräts in eine sogenannte ‚Tasche' und Abnähen der Wunde. Nach einer Stunde sollte er aufsitzen und mit pflegerischer Unterstützung sein Krankenbett aufsuchen. Er tat es trotz des Schwindelgefühls, das seine Tritte unsicher machte, und ruhte aus von den Werken, die man an ihm vollbracht hatte.

Die nächsten Stunden verdöste er, eine glänzende Erfindung der Natur, unangenehme Zeiten harmlos verstreichen zu lassen. Er empfing Bettina, die rührende und treue Seele, die sich alle Mühe gab, nicht zu zeigen, dass sie sich Sorgen machte. Er versuchte, ein wenig albernes Zeug zu reden, und merkte, wie die Restnarkose seine Artikulationsfähigkeit beeinträchtigte. Er war ein Wrack. Wie er jemals wieder auf der Kanzel stehen und Predigten vom Stapel lassen oder sich im Kirchengemeinderat mit kontroversen Meinungen herumschlagen sollte, war ihm schleierhaft. Vielleicht war es an der Zeit, einen vorzeitigen Ruhestand in Erwägung zu ziehen.

Nach der Arztvisite am folgenden Vormittag stand ohne Vorankündigung auf einmal Parler auf der Matte. Er hatte doch tatsächlich ein Blumentöpfchen in der Hand, von dem er das Papier abstreifte, um es verlegen, beinahe heimlich auf Beermanns Nachttischchen abzusetzen.

„Danke, Herr Parler", sagte Beermann und fuhr den Kopfteil seines Bettes ein wenig höher. „Es freut mich, dass Sie sich Zeit nehmen, einen alten ehrenamtlichen Mitarbeiter aufzusuchen."

„Mich freut, dass Sie noch am Leben sind", sagte Parler in seiner Art von Feinfühligkeit.

„Überrascht Sie das?“, fragte Beermann. „Hatten Sie’s anders erwartet?“

„Nein, nein, um Gottes willen“, wehrte Parler ab.

„Das erinnert mich an eine Episode von einem Stuttgarter Kollegen“, sagte Beermann leicht spöttisch, „der mit dem Umstand seines Überlebens die Polizei jedenfalls zu überraschen wusste. Und das ergab sich so:

Er war mit seiner Frau über den Schwarzwald ins Südbadische gefahren, ins schöne Markgräflerland, wo auf einem Dorffriedhof seine Mutter beerdigt war. Das Grab wurde neu gerichtet, das alte Holzkreuz entfernt und ein Grabstein mit Inschrift aufgestellt. Nun wollten sie sich die Sache anschauen und bei dieser Gelegenheit das Holzkreuz mitnehmen, das nicht einfach zerschlagen und geschreddert werden sollte. Sie verstauten das sperrige Ding also auf dem Rücksitz ihres geräumigen Mercedes, speisten in einer Gaststätte zu Mittag und traten den Rückweg an. Auf der Schwarzwaldhöhe überkam beide eine lähmende Müdigkeit. Der Kollege schlug einen Pausenhalt vor, parkte den Wagen am Rand eines Waldweges und versuchte, die Sitze fürs Liegen zu verstellen. Doch da war nun das Kreuz im Weg. Kurz entschlossen nahm es der Kollege aus dem Wageninnern und legte es vorn auf Kühler und Windschutzscheibe. Der Mittagsschlaf konnte ungehindert begonnen werden. – Nach einer gewissen Ruhezeit erwachten beide gleichzeitig, weil ein Streifenwagen neben ihnen scharf abbremste und hielt. Rechts und links stürzten Polizeibeamte heraus, klopften hastig ans Fenster des parkenden Wagens und der Kollege ließ die Scheiben herunter. „Ja, was?“, staunte der Polizist, „Sie sind gar nicht tot!“ – „Warum sollten wir tot sein?“, fragte der Kollege verblüfft. – „Ja, wissen Sie“, meinte der Polizist, „wir wurden von Spaziergängern alarmiert, die vorhin an Ihrem Auto vorbeigekommen sind. Da parke ein Pkw auf einem Waldweg, hieß es, und darin befänden sich zwei Leichen. Und nicht genug damit: das Grabkreuz hätte man vorsorglich bereits auf die Kühlerhaube gelegt.“

Parler lächelte säuerlich: „Ihr Schwarzkittel habt anscheinend einen ausgeprägten Sinn für schwarzen Humor“, konstatierte er.

„Und wenn die Polizei bloß so in die Irre geht wie bei Ihrer Geschichte, können wir doch zufrieden sein – oder?“

„Unbedingt“, nickte Beermann.

Nun saßen sie sich gegenüber, Beermann im Bett, Parler auf dem Besucherstuhl, und sahen sich an. Beermann war bewusst, dass der Hauptkommissar nicht erschienen war, um sich nach seinem Befinden zu erkundigen und ihn mit Blümchen zu bedenken.

„Was machen Ihre Ermittlungen im Fall Mateo-Blankenburg-Schreiber?“, fragte er.

„Sie sind abgeschlossen“, sagte Parler trocken. „Der Fall ist erledigt.“

Beermann hievte es geradezu aus dem Bett: „Abgeschlossen?“, murmelte er ungläubig. „Erledigt? Aber wie denn das? Haben Sie aus Mateo ein zweifelhaftes Geständnis herausgepresst?“

„Mitnichten“, erklärte Parler mit überlegener Miene. „Ein Geständnis haben wir schon, aber nicht von Mateo. Der Junge wird in kurzer Zeit freikommen.“

Beermann atmete erleichtert durch: „Erzählen Sie doch bitte!“

Genau zu diesem Zweck war Parler erschienen, und so rückte er mit seinem Stuhl noch ein wenig dichter an Beermann heran und legte los.

„Letzten Endes hat sich die Geschichte im Seniorenstift ‚Haus Sonnenschein‘ recht rasch aufgeklärt. Natürlich hatte ich bei meinen Ermittlungen diese Einrichtung im Auge, trat dort jedoch ziemlich auf der Stelle. Die Leiterin betrachtete mich als personifizierten Vorwurf gegen die Integrität ihres Hauses. Sie mauerte ganz einfach und hätte sich lieber die Zunge abgebissen, als eine Aussage herauszurücken, mit der ich etwas hätte anfangen können. Der Mord an einem ihrer Heimbewohner wog nach ihrer Einschätzung wohl fast so schwer wie ein Kakerlakenbefall in der Speisekammer. Die Sache sei ihr vollkommen unerklärlich, wiederholte sie wie ein Mantra, und irgendeine Mitschuld des Personals sei restlos auszuschließen. Sie bangte um den guten Ruf ihres Heims und suchte verzweifelt zu retten, was schon verloren zu sein schien.

Eine Wende ergab sich gestern durch einen Telefonanruf, der mich überraschte. Er kam von Johannes Schreiber. Im ersten Augenblick dachte ich, er wolle sich stellen und vorher lediglich die Chancen für eine faire Behandlung ausloten. Doch Schreiber dachte nicht daran, sich in unsere Hände zu geben. Er wolle mir einen Tipp geben, meinte er. Einen Tipp, das ‚Haus Sonnenschein' und den Mord an Robert Blankenburg betreffend. Ich war sofort alarmiert, verzichtete auf Vorhaltungen, die ich ihm natürlich hätte machen können, und fragte nach seinem Tipp. Ja, sagte er, da gebe es unter den Pflegekräften des Heims ein junges und schüchternes Ding, eine Polin mit Namen Liliana, die habe etwas beobachtet. Und zwar etwas Entscheidendes. Er habe es zufällig herausgefunden, als er im Haus herumschnüffelte. Ich solle mich doch einmal mit ihr unterhalten.

Der Hinweis konnte eine Ente sein, aber auch ein wertvoller Fingerzeig. Ich machte mich sogleich auf die Socken und musste mir von der Heimleiterin einmal mehr versichern lassen, dass niemand von ihren Mitarbeiterinnen irgendetwas zur Klärung des mysteriösen Todesfalles beitragen könne. Aber ich ließ mich nicht abwimmeln und verlangte, Schwester Liliana zu sprechen, und zwar unter vier Augen in einem separaten Zimmer. Die Hauherrin muckte, sah aber ein, dass sie meinem Wunsch Folge leisten musste, und arrangierte meine Begegnung mit der jungen Polin.

Die hockte verängstigt auf ihrem Stuhl und war den Tränen nah, bevor ich überhaupt eine Frage gestellt hatte. Ein armes Kind. Gegen meine sonstige Natur gab ich mich ausgesprochen väterlich und einfühlsam, sodass sich ihre Anspannung allmählich löste und sie zu erzählen begann.

Sie war in der Mordnacht tatsächlich auf dem Stockwerk mit Blankenburgs Zimmer gewesen, um etwas Süßes für Gaumen und Seele zu stibitzen. Das lagere im Schrank eines Aufenthaltsraums, der für die Schwestern reserviert sei. Die Süßigkeiten seien allerdings nicht fürs Personal bestimmt, sondern für Heimbewohner, die hin und wieder mit einem Schokoladenstück oder einer Praline beglückt werden dürften. Nun sei sie selbst leider eine Naschkatze, und besonders nachts, wenn das Heimweh ihr den Schlaf raube, schleiche sie sich mitunter nach oben und entwende dem Depot eine Kleinigkeit. Sie wisse, dass es verboten sei, aber sie könne nicht immer widerstehen. Dafür schäme sie sich und bitte um Verzeihung.

Ich erklärte ihr großmütig, dass ich nicht die Absicht hätte, sie wegen ihrer nächtlichen Diebereien zu belangen, und ihr Vertrauen zu mir wuchs sprunghaft an. Jetzt brachte sie ohne Umschweife vor, woran ich interessiert war.

Sie hatte in der betreffenden Nacht das Zimmer mit den süßen Artikeln gerade verlassen und die Tür hinter sich geschlossen, als sie auf dem Gang einen Mann bemerkte. Keinen Fremden, sondern einen, der ihr wohl bekannt war. Er trug keinen Pyjama oder Morgenmantel, sondern einen Straßenanzug, als sei er gerade ins Haus gekommen oder auf dem Weg, es zu verlassen. Schwester Liliana war überzeugt, dass wenige Schritte von ihr entfernt niemand anderes als Robert Blankenburg den Flur überquerte. Sie rief erschrocken seinen Namen. Er antwortete, dass alles in Ordnung sei, und verschwand rasch auf der Besuchertoilette direkt gegenüber von Blankenburgs Zimmer. Schuldbewusst wegen ihrer nächtlichen Diebestour und verstört von der unverhofften Erscheinung auf dem Flur wartete Schwester Liliana nicht ab, bis Blankenburg die Toilette wieder verließ, sondern ging rasch zurück in ihr Zimmer und verkroch sich unter der Bettdecke. Doch was sie beobachtet hatte, ging ihr unentwegt im Kopf herum, vor allem am folgenden Tag, als man Blankenburgs Leiche in seinem Bett fand.

Sie war viel zu verängstigt, um sich der Heimleiterin oder gar Polizeibeamten gegenüber zu offenbaren, und bewahrte ihr Geheimnis, bis ihr der Schnüffler Johannes Schreiber auf die Spur kam. Der unterhielt sich hier und da zwanglos mit den Schwestern und schuf durch harmloses Geplauder eine Vertrauensbasis. Ihm erzählte sie schließlich, was sie bedrückte.

Natürlich wunderte sie sich, dass Robert Blankenburg mitten in der Nacht so mobil war. Aufrecht gehend und wie zum Ausgang bekleidet. Wo der alte Mann doch längst nicht mehr auf eigenen Füßen zu stehen vermochte und auch die Fortbewegung im Rollstuhl eingestellt hatte. Der Mensch, den sie gesehen hatte, war eindeutig Robert

Blankenburg und konnte es trotzdem unmöglich sein."

„Sondern sein Zwillingsbruder Alfred", unterbrach Beermann, „der feine Bruder Alfred, der es für ratsam gehalten hatte, seinen Nachnamen zu ändern."

„Genau", nickte Parler, „der Zwilling hat seinen bettlägerigen Bruder in der Nacht heimgesucht, und das sicher nicht, um seine Knochenhand zu streicheln oder seine schweißnasse Stirn abzutrocknen. Er hat ihn umgebracht. Hat ihn ohne große Mühe mit dem Kissen erstickt, das Fenster ausgehebelt, um eine falsche Fährte zu legen, und ist durch einen der Ausgänge, die sich ja von innen öffnen lassen, entkommen."

„Sie haben den Täter verhaftet?", fragte Beermann.

„Unverzüglich", erklärte Parler.

„Aber weshalb hat er seinen eigenen Bruder ermordet?"

„Weil er meinte, ihn am Ende doch noch einmal fürchten zu müssen."

„Inwiefern denn das? Robert Blankenburg war doch offenbar vollkommen ohnmächtig, kaum imstande, sich allein aufzurichten in seinem Bett."

„Das stimmt. Und auch wieder nicht. Robert Blankenburg hatte es immerhin geschafft, mit seinem Bruder telefonischen Kontakt aufzunehmen, und das, obwohl die beiden sich schon lange spinnefeind waren und jede Begegnung peinlich vermieden. Weshalb und worum es im Einzelnen ging, habe ich noch nicht klären können. In jedem Fall hat Robert seinen Bruder unter Druck gesetzt, vermutlich mit der Ankündigung, bisher sorgsam Verschwiegenes an die große Glocke zu hängen, bevor er sich für immer und alle Zeiten aus dem Leben davonmachen würde. Irgendwelche dunklen Seiten aus ihrer gemeinsamen profitablen, aber auch hochkriminellen Vergangenheit drohte er wohl auszuposaunen. Vielleicht um sich zu rächen, weil er sich vom Bruder betrogen und bei ihren Schmuggelgeschäften böse hintergangen fühlte. Vielleicht auch aus schierer Altersbosheit. Der auf den Tod hin geschwächte Robert hatte ja nichts zu verlieren, sein Zwillingsbruder dagegen viel. Als der bei seinem nächtlichen Versuch, den Bettlägerigen umzustimmen, keinen Millimeter vorankam, brachte er den Alten, der anscheinend wild entschlossen war zu plaudern, auf die wirksamste und brutalste Art zum Schweigen.“

25 Bettina hatte sich verspätet. Als sie den Vorraum der Stiftskirche betrat, war dort in Erwartung des Konzertbeginns bereits Ruhe eingekehrt. Das Kirchenschiff war voll besetzt, sie musste die Treppe hinauf und einen Platz auf der Empore suchen. Helmut würde jetzt beanstanden, dass sie notorisch zu spät käme, wenn er nicht wäre, der sie stets antreiben müsse. Aber Helmut war nicht dabei. Er hatte sich riesig auf Brahms Deutsches Requiem gefreut und Karten im Vorverkauf erworben. Nun musste er leider darauf verzichten und daheim sein stotterndes Herz schonen, bis auf Weiteres jedenfalls.

Auf einem freien Eckplatz in der ersten Emporenreihe ließ Bettina sich nieder, als das Orchester anhob, wie aus düsteren Abgründen allmählich aufzusteigen ans Licht. Sie sah hinunter auf die Streicher und Bläser und auf den großen Chor im Altarraum, der, von wenigen Arien abgesehen, das gesamte Requiem zu tragen hatte. Diese unvergleichlich bewegende und eingängige Musik, die eine einzige Hymne auf die wunderbare Veranstaltung des Trostes war. Bereits der Auftakt spannte den weiten Bogen zwischen Leid und Trost, Trauer und Freude mit der Seligpreisung derer, die Leid tragen und getröstet werden sollen. Lang hielt der Chor den Ton auf ‚getröstet', um beim zweiten Kontrastbild, ‚Die mit Tränen säen, werden mit Freuden ernten', in einen rhythmischen Tanzschritt wie bei einem ländlichen Erntefest zu verfallen.

Bettina ließ ihren Blick über die Zuhörerreihen im Kirchenschiff gleiten und blieb hängen an einer Person, die sie in diesem Milieu überhaupt nicht erwartet hatte. Mateo saß ohne Maske und in gespannter Aufmerksamkeit auf seinem Platz und lauschte den Klängen, die ihm neu und fremd sein mussten. Neben ihm waren auf der einen Seite Sitzplätze frei geblieben, vermutlich weil Besucher die unmittelbare Nähe des böse Gezeichneten mieden. Auf der anderen Seite saß ein Mann dicht neben ihm, der wie selbstverständlich seine Hand hielt. Das musste Johannes Schreiber sein.

Während die Musik ihre dauernde Bewegung zwischen Leiderfahrung und Lebenszuversicht fortsetzte, überlegte Bettina, wie Schreiber und Mateo zu diesem Konzertbesuch gekommen waren. Ein Zufall war's bestimmt nicht. Die biblischen Texte mit ihrer grandiosen Vertonung mussten wie der lebendige Ausdruck ihrer eigenen Erfahrungen wirken. Da waren Schmerz und Tod, und da war Aufstieg aus der Tiefe mit einer neuen Aussicht auf Leben. Mateos Narben blieben, aber sie mussten nicht mehr verdeckt werden. Der Junge war aus der Untersuchungshaft entlassen worden und durfte sich frei bewegen, wo und wohin er wollte. Johannes Schreiber hatte seine Mission erfüllt und musste nicht fürchten, von der Polizei gejagt und zur Rechenschaft gezogen zu werden.

Nach der großen Endlichkeitsklage des Baritons ‚Herr, lehre doch mich, dass es ein Ende mit mir haben muss' war der Chorgesang über Zebaoths liebliche Wohnungen für Bettinas Gemütsverfassung beinahe zu viel. Sie lehnte sich zurück und schloss die Augen. Nie und nirgends sonst wurde Liebliches so ‚lieblich' besungen. Was damit an zeitweiliger Rührung ausgelöst wurde, erhob sich noch in derselben Chorpartie und im rasanten Aufschwung zum Jubel, realisiert in einem Pulsschlag der Freude: ‚mein Leib und Seele freuen sich in dem lebendigen Gott.'

Begegnen mochte sie den beiden Abenteurern aus Chile nachher nicht. Es war gut, dass sie ihre Anwesenheit auf der Empore nicht wahrgenommen hatten. Irgendeinen Dank entgegenzunehmen scheute sie sich. Was sie für Mateo unternommen hatte, einschließlich der Verbarrikadierung im Kirchturm, war in Ordnung gewesen. Es genügte ihr, die Stelle ausgefüllt zu haben, die anscheinend für sie vorgesehen war, und einen kleinen Beitrag dazu geleistet zu haben, dass klaffende Wunden sich schließen konnten. –

Gut eine Woche später entnahm Bettina dem Briefkasten ein großformatiges Kuvert, das an sie adressiert, aber ohne Angabe eines Absenders war. Abgestempelt worden war der Brief in Santiago de Chile. Er konnte nur von Johannes Schreiber stammen. Bettina trug das Kuvert hinauf ins Wohnzimmer, wo Beermann in einem Sessel am Fenster ruhte, und öffnete es.

„Eine Briefkarte und ein gemaltes Bild", sagte sie.

„Schön“, meinte Beermann, „man erinnert sich an dich. – Lies doch mal vor.“

Bettina las: ‚Wir sind gesund und glücklich in der Heimat angekommen, die uns viel zu lange keine Heimat war. Vielleicht mussten wir erst in die Fremde, um sie endlich finden zu können. Ohne Ihre Hilfe wären wir nicht zum Ziel gekommen. Das wissen wir beide und werden es nicht vergessen. Mateo und Johannes.‘

„Kurz, aber herzlich“, kommentierte Beermann.

Bettina betrachtete das beiliegende Gemälde und reichte es dann weiter. Es war eine schlichte, beinahe kindliche Malerei mit einem schwarzen und roten Stift. Zu erkennen war eine Frau mit langem Haar, über der ein roter Heiligenschein schwebte. Ihre Arme hielt die Frau weit auseinander, sodass sich ihr schwarzer Umhang zeltartig aufbauschte und eine bergende Nische bildete. In dieser Mantelnische versteckten sich Kinder, größere und kleinere, teils mit ängstlichen, teils mit fröhlichen Gesichtern. Alle schauten den Bildbetrachter an, als erhofften sie dessen Bestätigung, dass es keinen besseren Ort zu bleiben gebe als diesen.

Beermann lächelte, als er das Bild besah.

„Eine Schutzmantelmadonna“, sagte Bettina.

„Und eine protestantische Pfarrfrau“, ergänzte Beermann.

Die Deutsche Bibliothek verzeichnet diese Publikation in der Deutschen Nationalbibliografie; detaillierte bibliografische Daten sind im Internet über http://dnb.ddb.de abrufbar.

Augustenstraße 124, 70197 Stuttgart, Telefon 07 11/60 10 00,
Fax 07 11/6 01 00 76, verlag@evanggemeindeblatt.de, www.verlag-eva.de

Gestaltung und Satz: Cornelia Fritsch, Gerlingen
Lektorat: Isolde Bacher, textdienst, Stuttgart
Druck: CPI – Ebner & Spiegel, Ulm
Titelfoto: Frank Zeithammer, Stuttgart
ISBN 978-3-945369-75-3